DU MÊME AUTEUR

Aux Éditions du Cherche Midi

ACTRICE, 2005
GRAND AMOUR, 2011
LES GENS SONT LES GENS, 2013
LES PERLES NOIRES DE JACKIE O., 2016
AMUSE-BOUCHE, 2017
L'ENTERREMENT DE SERGE, 2021

Aux Éditions Le Tripode

LE CHIEN DE MADAME HALBERSTADT, 2019

CLARA LIT PROUST

STÉPHANE CARLIER

CLARA LIT PROUST

roman

nrf

GALLIMARD

Pour mon frère, Raphaël,
une lumière dans la nuit

L'affaire est de se libérer soi-même : trouver ses vraies dimensions, ne pas se laisser gêner.

VIRGINIA WOOLF

I

CINDY COIFFURE

Mme Habib sur le trottoir, en chemisier malgré le froid, tend le bras pour éloigner sa cigarette, l'autre est replié sous sa poitrine. À la fois raide et frissonnante, elle examine la vitrine de son salon comme si elle cherchait à en percer le mystère. Les lettres blanches de l'enseigne, l'immense poster sur lequel une femme coiffée comme Louise Brooks a l'air de regarder ses pieds, la liste des tarifs sur la porte en verre. Et, à l'autre extrémité, tout en bas, inutile et solitaire dans son vase transparent, une tige de bambou qui n'a jamais poussé de plus d'un centimètre.

— C'est le nom qui ne va pas. Cindy. La fille de l'ancien propriétaire s'appelait comme ça. C'était à la mode en 1982 mais aujourd'hui ça ne dit plus rien à personne.

Mme Habib se méprend complètement sur le standing de son salon. Elle en a tellement rêvé qu'elle a fini par se convaincre qu'elle dirigeait l'équivalent d'un Dessange alors que Cindy Coiffure est minuscule, tout en longueur, caché dans un renfoncement lui-même planqué dans un passage, et survit grâce à une clientèle d'habituées dont la moyenne d'âge avoisine les soixante-dix ans. Cindy Coiffure est exactement le nom qu'il devait porter.

— Et qu'on ne me parle d'un truc en *tif*, Qualita'tif ou je ne sais quoi. Je déteste les jeux de mots.

Elle tire sur sa cigarette que Clara entend crépiter.

— J'ai pensé à quelque chose, vous allez me dire...

Petite pause pour préparer son effet.

— Le Jardin des délices.

Elle a toujours eu un problème avec les noms. À commencer par le sien. Elle n'a jamais pardonné à son mari de lui avoir transmis un patronyme qui lui vrille les tympans alors que son nom de jeune fille était Delage. *On peut dire ce qu'on veut mais Jacqueline Delage, ça sonne quand même mieux que Jacqueline Habib.*

— Qu'est-ce que ça vous évoque ?

Un restaurant chinois, a envie de répondre Clara, qui se contente de hausser les épaules. Ça n'a pas d'importance. Si ce n'était pas le nom du salon, ce serait la façade qu'on devrait repeindre ou l'activité manucure qu'il faudrait se décider à développer (*Il y a toujours du monde à l'Onglerie, rue Thiers, vous avez remarqué ?*).

Elle sait ce qui va se passer. Mme Habib va tirer une dernière fois sur sa cigarette, recracher la fumée le plus loin possible tout en écrasant le mégot du pied gauche, puis elle dira quelque chose comme *C'est pas encore aujourd'hui qu'on mourra de chaud* et rentrera. Dans l'arrière-boutique, elle se lavera les mains et prendra une pastille à la menthe. Elle réapparaîtra en s'observant dans une glace et rejoindra la caisse en lissant sa jupe. Quelqu'un entrera, le salon prendra vie au son d'échanges mur-

murés, de souffleries de sèche-cheveux, des tubes de Nostalgie — et ce sera comme s'il n'a jamais été question du Jardin des délices, des noms en *tif* et des prénoms à la mode en 1982.

La première, en général, c'est Lorraine. Le salon est à peine ouvert qu'elle débarque avec deux cafés sur un petit plateau rond et s'installe sur le grand tabouret à la caisse pour papoter avec Mme Habib.

Elle tient le bar-tabac à l'angle du passage et de l'avenue de la Libération. Quand elle arrive au salon, ça fait quelques heures qu'elle est debout et elle n'en peut déjà plus. Ses clients l'insupportent. Ces bonshommes qui ont besoin de leur calva à huit heures du matin et lui parlent comme si elle était leur femme ou leur sœur. Ces pauvres qui dépensent leur RSA en Cash ou en Banco, le bruit des pièces sur la table quand ils grattent leur ticket. Ces fumeurs honteux, *Je vais prendre un paquet de Dunhill, tiens, ça fait longtemps*. Jacqueline l'écoute si parfaitement immobile que, de dos, on jurerait qu'elle dort debout. Elle aussi rend visite à Lorraine pendant ses pauses mais plus tard dans la journée et moins fréquemment. Quand elle en revient, en général, elle sent la prune et chantonne.

Lorraine dit souvent *Ce matin, j'avais autant envie de venir que de me pendre*. Elle compte les jours jusqu'à ses vacances et se transforme à leur approche. Quand, un peu avant le départ, elle se rend au salon pour sa coupe et sa couleur, ce n'est plus la même femme, on dirait sa sœur jumelle, accomplie, amoureuse... Elle en revient cramoisie, un peu forcie, les cheveux encore éclaircis. Le bonheur se prolonge, elle parle de s'inscrire au tai-chi, de se remettre à la photo, *Cette fois, c'est décidé*. Elle en parle de moins en moins et, un peu après le début officiel de l'automne, alors que s'effacent les derniers reliquats de son bronzage, d'autres mots font leur retour dans sa bouche. *Ce matin, j'avais autant envie de venir que de me pendre.*

Mme Habib dans son salon à neuf heures du matin ressemble à une femme jouant au casino le samedi soir. Chemisier de soie havane ou léopard, bracelets faisant cliqueter ses moindres gestes et Shalimar, beaucoup de Shalimar, tellement de Shalimar que le parfum, imprégnant l'endroit, en est devenu la marque autant que son carrelage blanc à effet marbré ou les deux notes de son carillon à l'entrée. Son maquillage excessif accentue l'expression de fatigue de ses yeux sortant légèrement de leurs orbites. Sa voix est enrouée, cassée par la cigarette comme à la fin d'une journée passée à attendre. Son teint est bistré par la poudre autant que les séances sous les lampes, Mme Habib est accro au bronzage (aux beaux jours, à la pause déjeuner, il n'est pas rare de la voir, place de la Libération, assise à un bout de banc pas encore à l'ombre, déguster sa salade de riz, le visage offert au soleil).

Souvent, le mardi matin, Clara se demande comment elle a occupé les deux jours précédents. Elles n'en parlent pas, leur relation exclut ce genre de confidences. Ce sont celles faites aux clientes, glanées au fil du temps, qui ont permis à Clara de se représenter qui est sa patronne.

Il y a donc eu un M. Habib, passeur de patronyme honni, qui s'en est allé d'une manière ou d'une autre, mort ou juste parti, Clara n'est pas trop sûre, ce sujet est le plus tabou de tous. Il y a sa fille, infirmière près de Toulon, qu'elle voit une ou deux fois par an et avec qui ça n'a pas l'air d'être l'amour fou. Il y a Paris — ah, Paris ! Mme Habib y a vécu autrefois et, de cela, s'ouvre facilement. Elle raconte toujours les mêmes histoires. Qu'elle voyait le dôme du Panthéon de la fenêtre de sa cuisine, qu'un acteur dont Clara a oublié le nom déposait des roses sur son palier en se rendant au théâtre, que les Parisiens sont intelligents, cultivés, qu'ils lisent tous. *N'importe quel clampin dans le métro a un bouquin dans les mains.* C'est peut-être ça, les rides qui dessinent des parenthèses de chaque côté de sa bouche : le regret de ne plus vivre dans la ville où elle a été le plus heureuse.

Clampin est un mot qu'elle aime bien. L'expression *affoler dans les chaumières* aussi. *Sans vouloir affoler dans les chaumières, on est en rupture d'Infinium, je ne comprends pas ce qui s'est passé.* Et puis elle dit *nail salon* au lieu de *manucure*, en le prononçant à l'anglaise : *nail salone. Une amie de ma fille a ouvert un nail salone qui fait un malheur à Hyères,* annonce-t-elle, en guettant l'effet que produit cette expression sur son interlocutrice.

Autrement, des bruits courent. Il y a quelques années, on l'aurait vue traverser un champ de colza à la sortie de Beaune, sa Mayfair arrêtée un peu plus loin, au bord de la route. On dit qu'elle était ivre. On dit aussi que, quand elle a débarqué dans la région, avant de reprendre le salon, elle a fréquenté l'homme qui était à l'époque le maire de Dijon.

Elle aime les hommes, ça, Clara en est sûre. Ça se sent, à sa manière de regarder les rares qui viennent au salon, de s'adresser à eux, qu'ils soient beaux, laids, jeunes, vieux, en cotte de travail ou en tongs Havaianas. À sa manière de parler de JB, aussi. JB, c'est le compagnon de Clara. C'est aussi le seul sujet personnel que Mme Habib se permet d'aborder avec son employée. Ou, plutôt, celui qu'elle ne peut s'empêcher d'aborder. Depuis le début, depuis qu'il est venu chercher Clara à Cindy Coiffure, la première fois. Jacqueline ne tenait plus en place, ses lèvres frémissaient d'émotion. On sentait qu'elle regrettait de ne pas avoir été prévenue, de ne pas avoir eu le temps de se remettre un coup de fard. Elle se comportait comme si elle avait leur âge, comme si elle avait précédé Clara dans le cœur de JB, c'était absurde, on aurait dit du mauvais théâtre de boulevard. Du regard, JB interrogeait Clara qui avait envie de rassurer sa patronne, de lui dire que tout allait bien, qu'il n'y avait pas d'enjeu, aucune raison de paniquer.

Quelques jours ont passé et, un soir, au moment de fermer, Mme Habib s'est confiée : *Si j'avais un homme comme lui dans ma vie, je me ficherais complètement du salon. D'ailleurs, je crois que je ne travaillerais pas, que je passerais mes journées à cuisiner, à arranger notre appartement. À tout faire pour qu'il ne s'en aille pas.*

Avant de décrocher le téléphone, Mme Habib retire sa boucle d'oreille, côté droit. Puis elle dit *Cindy Coiffure, Jacqueline, bonjour* d'une traite, en regardant la porte vitrée même si personne ne s'y montre, pendant que sa main gauche soupèse sa boucle d'oreille comme si c'était un calot.

Il y a Nolwenn, l'autre employée du salon. Sa figure n'a pas vraiment de contours et change rarement d'expression. Qu'elle raconte que sa belle-sœur a fait une fausse couche ou qu'elle tende un petit cadeau à Clara pour son anniversaire, ses traits restent neutres, ils ne s'animent que lorsqu'elle regarde des vidéos sur son téléphone. Un grand sourire fend le bas de son visage quand elle voit un chimpanzé promener un porcelet en laisse ou un jeune golden retriever s'essayer à gravir la première marche d'un escalier. Elle a longtemps montré ces vidéos à Clara avant d'arrêter, sans doute déçue par la mesure de ses réactions. Aujourd'hui, elle ne les partage plus et il n'est pas rare, pendant ses pauses, de l'entendre glousser toute seule dans la cour derrière le salon.

Elle dit des choses comme *Ça va y aller* (pour *Ça va aller*, le *y* ne renvoie à rien), *Elle a boutonné dimanche avec lundi* (quand une cliente s'est trompée d'un cran en fermant son manteau) et aussi *cheveu récalcitrant*, qu'elle place à la moindre occasion depuis qu'elle l'a entendu récemment. Il lui arrive même d'employer deux de ces expressions dans une même phrase : *Le lissage de Mme Rinaldi, j'y croyais pas vu son cheveu récalcitrant mais ça va y aller.*

Ses relations avec sa patronne n'ont pas toujours été bonnes. Au début, ça n'allait pas du tout. *Elle n'a pas d'œil,* disait Mme Habib qui, quand elle l'observait travailler, sortait fumer pour se calmer ou, pire, prenait sa relève en pleine coupe. Sa manière de se tenir, l'impression de mollesse qu'elle donnait était aussi un problème. *Écoutez, levez-vous, on dirait une vache qui regarde passer un TGV !* Il paraissait évident qu'elle ne resterait pas. Mais elle est forte, Nolwenn, bien plus que son apparence ne le laisse penser. Elle entendait les remarques de Jacqueline et, sans rien montrer de l'effet qu'elles avaient sur elle, se reprenait, refaisait une papillote, répétait pour elle-même le nom ou la quantité d'un produit. Cette détermination muette a dû faire impression sur Mme Habib qui, contre toute attente, l'a gardée. Et, aujourd'hui, ça va mieux. Elle s'assied dès qu'elle en a l'occasion, elle est toujours pressée de quitter le salon (à sept heures pile et pratiquement en courant) mais elle ne commet plus d'erreurs grossières et met sa main devant sa bouche quand elle bâille. Mme Habib la surveille encore, il lui arrive de la sermonner (*Il faut tout de même un peu de classe !*) mais le ton n'est plus le même. Nolwenn a trouvé sa place à Cindy Coiffure, au point que, peut-être plus que tout autre, elle y semble chez elle. Comme si, avec le temps, une sorte de symbiose s'était opérée entre cet endroit simple, modeste et cette jeune femme qui lui ressemble.

Une fois, elle est revenue de congés frisée. Nolwenn. Elle s'était fait des anglaises courtes. Cette coiffure ne va à personne et surtout pas à elle. Ce gros visage flanqué de bouclettes qui s'agitaient au moindre mouvement, l'effet était désastreux. Les clientes marquaient un temps en la voyant, certaines questionnaient Mme Habib du regard (Pari perdu ? Fête costumée en préparation ?) Jacqueline n'a pas fait la moindre remarque. La journée a dû paraître particulièrement longue à Nolwenn qui, le lendemain, est arrivée défrisée.

Il y a Patrick, aussi. Lui ne travaille que le samedi et au moment des fêtes — à Pâques, à la Toussaint et à Noël, où on le voit tous les jours. C'est un peu l'article de luxe de Cindy Coiffure, Patrick. Il est vrai que c'est un coiffeur exceptionnel, Mme Habib le répète à l'envi. *Un jour, il aura son salon à Dijon ou même à Lyon.*

C'est un garçon un peu fort, à la présentation pas toujours irréprochable. Sa vie n'a pas l'air simple, il est séparé de la mère de son fils qu'il ne voit pas aussi souvent qu'il voudrait. Il calcule beaucoup — le prix des coupes, le montant des pourboires, l'addition des heures travaillées — et s'emporte facilement. Une fois, il a traité une cliente, Mme Garcin, de *vieux cul.* Mme Habib l'a forcé à présenter ses excuses, il l'a fait, Mme Garcin a prétendu qu'elle ne s'était pas formalisée mais elle a arrêté de venir.

Clara se dit qu'il pourrait quand même sourire un peu plus. Jacqueline doit se faire la même réflexion mais elle ne dit rien. Tout comme elle tait ce qu'elle pense de ses retards, de ses ongles rongés ou de ses tee-shirts noirs qu'il porte à l'extérieur de ses pantalons. Elle aurait trop peur de le perdre. Elle n'est pas tout à fait la même les jours où il travaille. Elle se tend, parle moins, l'observe à la dérobée pour s'assurer que tout se passe bien. Elle sait qu'elle lui doit le peu de réputation de son salon. Certaines clientes viennent de Lons pour se faire coiffer par lui. Clara est bien, les clientes l'apprécient mais elles ne feraient pas une heure et demie de route pour la voir.

Patrick aussi aime bien Clara. Il lui fait sentir qu'elle est l'une des rares femmes à ne pas le déprimer à Cindy Coiffure. Une fois, dans son téléphone, il lui a montré des dessins, des espèces de mangas noir et blanc érotiques et violents. Elle a été bluffée, c'est lui qui avait fait ça ? Il a aussi essayé de la convertir à Rage Against the Machine, le plus grand groupe de metal de tous les temps d'après lui, mais elle n'a pas accroché.

Un samedi où il enchaînait les rendez-vous, il a lancé qu'il n'allait pas *moisir dans ce trou*. Dans la cour, derrière le salon, il tirait sur une cigarette roulée, entre deux clientes. C'était l'été, l'air conditionné était cassé, on étouffait à l'intérieur. *Et toi, c'est pareil,* a-t-il ajouté. Elle aurait aimé qu'il développe mais il a écrasé sa cigarette contre le mur et est retourné bosser.

Mme Habib voue un culte à Jacques Chirac. À l'écouter, la France n'a jamais été aussi grande que lorsqu'il en était le président et tout a commencé à se détraquer ensuite. C'est au point qu'elle a punaisé une photo de lui sur le mur, près de la caisse, une petite photo noir et blanc découpée dans un magazine sur laquelle on le reconnaît à peine, on dirait un acteur de l'âge d'or d'Hollywood. Aux rares clientes qui découvrent encore le cliché, elle explique : *Avec ce physique-là, qu'est-ce que vous voulez ?* Traduction : quand on est aussi beau, on ne peut qu'accomplir de grandes choses.

Tout le monde se pâme devant JB. Les clientes de Clara, ses amies, sa sœur. Même ses parents, qui ne sont pas du genre à s'épancher, ont besoin de l'exprimer. *Tu as toujours eu de la chance, depuis toute petite* (sa mère). *Si c'est à cause des sous que vous ne vous mariez pas, on peut participer* (son père).

Il est vrai qu'il a toutes les qualités. Physiquement, il ressemble à Flynn Rider dans *Raiponce*, le dessin animé. Comme lui, il a des mèches noires qui lui tombent dans les yeux, un corps de footballeur américain et un goût marqué pour les canulars (façon mousse à raser sur le bout du nez, travestissement le temps d'une fête). Sa peau ne porte pas la moindre marque d'épreuve ou du temps, on le lui fait constamment remarquer. Il a le métier dont rêvent tous les petits garçons, pompier, et va même en parler dans les écoles. Il excelle dans un nombre impressionnant de sports : foot, volley, motocross, et se débrouille au tennis. Il est attentif, attentionné, n'oublie jamais d'offrir des fleurs à Clara le 11 août et d'organiser une petite fête en secret pour son anniversaire.

Enfin, ça, c'est ce que les autres voient. Ce que Clara voyait aussi au début de leur histoire. Aujourd'hui, presque trois ans après leur premier rendez-vous, elle voit surtout un homme avec des points de fragilité. Qui, certains matins, se tient devant la fenêtre du salon, son bol de Chocapic à la main, avec un air de grande tristesse. Qui boit un peu trop la veille de ses jours de repos, ne parle pratiquement plus à son père, se bat parfois dans son sommeil en proférant des insultes horribles. Un homme qu'elle ne désire plus. Voilà, c'est ça le petit nuage bien en place dans le ciel de sa vie. Son Flynn Rider, dont la seule évocation suffisait à électriser jusqu'à son petit orteil, lui fait autant envie qu'une assiette de charcuterie après une dinde de Noël. Elle observe le coin de sa bouche qui se relève tout seul, le marron clair de ses yeux, la souplesse de ses cheveux, et rien. *Nada, niente, nichts,* dirait Mme Habib.

Elle y pense, dans le bus, en allant au salon. Elle se souvient qu'au début de leur histoire, ce moment de la journée était l'occasion d'un échange de textos. Ils venaient de se quitter, avaient dormi ensemble, étaient repus l'un de l'autre mais le désir persistait. Alors ils s'appelaient, pour ne rien se dire, vraiment. Clara tournait la tête du côté de la vitre et écoutait la voix encore ensommeillée de JB lui raconter son rêve de fin de nuit ou lister les endroits où il avait envie de l'embrasser. Et, comme ça ne suffisait pas, ils s'envoyaient des petits mots ou des photos de certaines parties de leur corps. Clara aimait la zone plate en dessous de son cou, elle adorait y poser la main, la peau y était douce et rendue soyeuse par les poils qui la recouvraient. Alors JB la prenait en photo avant de sauter dans la douche, il la lui envoyait pour lui donner du courage et ça marchait, savoir qu'elle avait la photo du sternum de son chéri dans son téléphone l'aidait à traverser la journée.

Aujourd'hui, ça n'a plus de sens. Y repenser, c'est comme s'entendre parler une langue qu'elle ne comprend plus. Dans le bus, elle envoie un mot à sa mère ou tchatte avec sa sœur puis elle passe un peu de temps sur Instagram, qu'elle quitte avant d'avoir vu toutes les nouvelles publications sur son fil. Elle tourne toujours la tête du côté de la vitre mais c'est pour penser à l'effacement du désir, à ses interactions physiques avec JB qui se limitent désormais aux baisers sur la bouche (encore un peu) ou sur le front (de plus en plus). Pour se dire que, bientôt, ce sera plus ou moins comme s'ils étaient frère et sœur. Et, voilà, elle arrive place de la Libération.

Elle ne comprend pas que la plupart des gens trouvent les chats fascinants. Le sien n'a rien de fascinant. C'est une grosse boule de poils blancs qui se débine dès qu'une main se tend pour la caresser et, au bout de onze mois de vie commune, feule en croisant ses maîtres dans le couloir. Les autres traits de son caractère, autant que Clara peut en juger, sont la gourmandise (il est trop gros), la paresse et la tristesse. Sa seule qualité, sa photogénie, est inutile puisque, à part ses maîtres, personne ne le voit. Dès qu'un invité met le pied dans l'appartement, il court se réfugier dans l'une de ses cachettes d'où il ne sort que le lendemain, voire deux jours après. *Il a son caractère*, dit JB pour l'excuser, ce qui a le don d'exaspérer Clara. Il n'a pas son caractère, il a dû être maltraité ou tomber d'un troisième étage, peut-être même les deux, ce qui l'a rendu à la fois très malheureux et profondément antipathique.

— Allez, cette fois, c'est la bonne, hein !

Mme Habib à Nolwenn, qui va passer le permis. Les mains posées sur ses épaules, elle la fait se tenir droite, la pousse à y croire, à sourire. On dirait une coach entraînant une boxeuse. Il faut dire que c'est la cinquième tentative de Nolwenn qui, en cas d'échec, devra *tout se retaper* (repasser aussi le code). La dernière fois, elle est tombée sur une examinatrice complètement folle qui lui a expliqué que les traînées des avions dans le ciel sont des messages que s'écrivent les membres d'une élite satanique mondiale (ou quelque chose comme ça). Le coup d'avant, l'examinateur avait toute sa tête mais Nolwenn avait oublié sa carte d'identité.

Matinée morose à Cindy Coiffure, chaque heure semble une épreuve d'endurance. Dehors, météo écossaise : pluie, vent, obscurité. Dedans, c'est à peine plus plaisant. Nolwenn a échoué au permis (elle a heurté un bac de recyclage en tentant un créneau) et, pour quelque raison, l'éclairage intérieur d'un petit meuble en verre livré le mois dernier ne fonctionne plus. Or, Mme Habib adore cette vitrine commandée sur catalogue qui, à ses yeux, rehausse encore le standing du salon. Le jour de sa livraison, elle était comme une gosse le matin de Noël, s'est mise à applaudir quand l'installateur l'a allumée et, pendant une semaine, a demandé à chaque cliente qui passait la porte : *Vous ne remarquez rien ?* Ce matin, elle ne cherche même pas à donner le change. On ne l'entend pas, sauf sur le coup de dix heures quand elle sort de l'arrière-boutique, où elle a coupé la chique à *J'ai encore rêvé d'elle* en soupirant : *Ça fait du bien quand ça s'arrête.*

Je sors de chez moi pour aller voir ma sœur, il est six heures et demie. Une fois à la gare routière, j'attends, j'attends, pas de car. Enfin, si, le car est là, devant moi, mais on peut pas monter dedans, y a pas de chauffeur. Comme à c't'heure la gare est fermée, je dois attendre de parler à un aut'conducteur pour savoir ce qui se passe. Dédé a eu une attaque en sortant de chez lui, qu'il me fait, le car pour Nuits est annulé. Pauvre Dédé, j'me dis. Tant pis, j'irai demain. Et je rentre. Une fois chez moi, j'appelle ma sœur, je me fais un frichti. René m'avait prévenue qu'il passait la soirée au boulodrome. Il en profite pour aller au boulodrome quand je vais voir Geneviève. Donc je mange un bout, j'équeute des haricots, je décroche du linge. Après quoi, il faut que je me pose, à cause de mes jambes. Je m'allonge sur le lit et, forcément, je m'endors. Au bout d'un moment, je sens le lit qui se met à tanguer comme un rafiot et j'entends des couinements. Je fais quand même des drôles de rêves, j'me dis en me réveillant. Sauf que je suis pas en train de rêver. J'allume et qu'est-ce que je vois ? Une bonne femme dans mon lit ! Une bonne femme en train de faire la chose avec mon René ! Elle est à quat' pattes, le cul en l'air, et lui, à genoux, qui s'active derrière (pardon pour la vulgarité, Jacqueline, mais je raconte comme ça s'est passé). Je sais pas d'où elle sort, c'te bonne femme, c'est un genre de Chinoise avec beaucoup de rouge à lèvres. En me voyant, elle se met à gueuler comme une truie, elle saute du lit et part en remettant sa culotte. Sauf que, comme c'est pas faisable, elle s'étale de tout son long dans la chambre. Eh ben, vous savez quoi ? René lui demande si ça va. L'autre répond pas, elle se relève et s'en va en sautillant sur une jambe parce qu'elle finit de remettre sa culotte. Qu'est-ce que c'est que ce cirque ? j'demande alors à René, qui se rhabille. Vous savez ce qu'il me répond ? Mais t'es pas chez Geneviève ? C'est tout ce qui lui vient ! Non mais je vous jure... Ils se croyaient seuls à la maison. Dans le noir, forcément, ils m'ont pas vue. René a commencé à me raconter des histoires, j'ai rien voulu savoir, j'te l'ai foutu dehors. Va retrouver ta Chinoise ! J'arrivais même pas à le regarder dans les yeux. Il a pas insisté. J'ai mis ses affaires sur le palier, il les prenait au fur et à mesure. Il disait trop rien, il était sous le choc lui aussi, ça y avait fait une drôle de surprise de me trouver dans le lit... J'ai pas pu retourner dans notre chambre, j'ai dormi dans celle de Francine. Enfin, j'ai pas beaucoup dormi. J'arrêtais pas de penser à ce qui était arrivé, je me demandais où René passait la nuit, d'autant qu'il pleuvait. Je m'étais dit qu'il r'tournerait chez sa mère mais j'ai pas entendu la voiture ni la porte du garage. Et ce matin, par la fenêtre de la cuisine, j'ai vu la porte de la remise au fond du jardin qu'était entrouverte. Il avait dormi dedans.

Lorraine se plaint, depuis quelques jours, de vertiges spectaculaires qui lui donnent l'impression d'être dans un ascenseur en chute libre. *J'ai jamais éprouvé un truc aussi horrible. Chaque fois que ça m'arrive, je voudrais mourir.* Mme Habib l'écoute sans ciller parce que ça l'intéresse et aussi parce qu'au moment qui suit l'ouverture du salon, cette grande insomniaque est victime d'un monstrueux coup de barre — au point que, souvent, c'est en tapant du pied pour ne pas s'endormir qu'elle écoute son amie. *C'est épouvantable*, commente-t-elle. Et puis, comme Lorraine ne dit plus rien, qu'il n'est jamais bon qu'un silence se prolonge et que c'est ce qui lui occupe l'esprit, elle enchaîne par : *Les gens méprisent le rose, je trouve ça injuste. C'est très beau, un vieux rose. Dans une chambre, par exemple.*

Il est venu à Cindy Coiffure plusieurs fois de suite. Un petit homme aux cheveux blancs dans un pardessus beige. Il arrivait, faisait la bise à Mme Habib, saluait Nolwenn et Clara d'un signe de tête et s'asseyait dans une des chaises sur la droite quand on entre. Il observait ce qui se passait dans le salon, perdu dans ses pensées. Quelquefois, il attrapait un magazine qu'il feuilletait avant de le reposer très vite. Son nom ne figurait pas dans le cahier de rendez-vous, il n'était pas là pour être coiffé, mais alors pourquoi venait-il ? La nervosité de Mme Habib en sa présence n'incitait pas à poser la question. Au bout d'un moment, alors qu'on l'avait plus ou moins oublié, il s'en allait discrètement.

C'est arrivé trois ou quatre fois. Et puis, un jour, en le voyant arriver, Jacqueline est allée à sa rencontre.

— Bon, maintenant, Roger, ça suffit !

Il est reparti sur-le-champ et on ne l'a jamais revu.

C'est samedi et Patrick n'est pas là. Mme Gobineau, son premier rendez-vous de la journée, attend depuis une demi-heure, hébétée comme si on venait de lui communiquer la date exacte de la fin du monde. De toute évidence, les trente minutes de musique non-stop de Nostalgie ne suffisent plus à la détendre.

Quand Mme Berrada, son deuxième rendez-vous, arrive, le tonnerre gronde, il fait aussi sombre qu'à six heures du soir et Patrick ne s'est toujours pas montré. Mme Habib décide de l'appeler, tombe sur sa boîte vocale et laisse un message que personne n'entend à cause du bruit du sèche-cheveux que Nolwenn utilise. Elle raccroche, jette un œil inquiet vers la portion de ciel violet visible depuis le salon et propose de coiffer elle-même Mme Gobineau, qui préfère partir (elle doit passer chez le boucher du marché, à qui elle a commandé du foie de veau, ça l'ennuie de s'en aller les cheveux pas faits mais elle évite de se plaindre, persuadée qu'il est arrivé quelque chose à son coiffeur préféré).

Quand Patrick finit par se montrer, il n'est pas loin de

onze heures. Il avait son fils depuis hier et son ex vient seulement de le récupérer. *C'était ça ou je venais avec lui.*

Clara a du mal à le croire. D'abord, parce qu'il garde son fils le dimanche, jamais le vendredi. Et puis il sent la cigarette, le Red Bull et porte de toute évidence ses vêtements de la veille. Elle est pratiquement sûre qu'il arrive du Hangar, une boîte à Chenôve dont il parle souvent et où il a dû passer la nuit.

Il se met au travail illico, avec ce surcroît d'énergie que procurent les nuits blanches. Mme Habib l'observe faire des merveilles sur Mme Berrada qui, apparemment peu dérangée par l'état de son coiffeur, lui détaille les menus du mariage à venir de sa fille. Il a de la chance, Patrick. Pour la forme, sa patronne lui fera une remarque mais tellement atténuée que ce sera presque un compliment.

Plus tard, parce que c'est samedi et qu'ils ont pris du retard, Jacqueline retire ses bracelets, remonte les manches de son chemisier camel et se charge de la mise en plis de Mme Rousseau, ce qui est exceptionnel. Et parce qu'elle est rassurée après avoir eu peur pour son employé, parce que tout est rentré dans l'ordre après qu'on a frôlé la catastrophe, elle se met à se confier. Clara l'entend raconter qu'elle sortait, autrefois, dans une boîte à Paris où on croisait *plein de vedettes.* Elle y avait dansé avec un certain Jacques Chazot, qui avait complimenté sa beauté avant de lui glisser à l'oreille *Paris vous appartient*... Jacqueline, qui s'est figée après avoir posé le dernier rouleau sur la tête de Mme Rousseau, se ranime d'un coup. *Ah, il ne faut pas ouvrir la boîte à souvenirs.*

Mercredi 14 août. Aucun nom n'est inscrit dans le cahier de rendez-vous. Demain, on ferme le salon pour deux semaines. Clara a joué à Candy Crush, s'est lassée et répond maintenant à un test qu'elle a trouvé dans un vieux *Elle* : *Savez-vous booster votre potentiel de séduction ?* Occupation parfaitement vaine puisque, outre qu'elle se moque de connaître la réponse à cette question qu'elle ne s'est jamais posée, la page des résultats manque, probablement arrachée par une cliente qui prévoyait de la lire chez elle.

Deux hirondelles stridentes passent devant le salon. Nolwenn et Patrick sont en vacances. Mme Habib est sortie acheter des cigarettes. La seule chose un peu constructive que Clara et elle ont faite ce matin, c'est chercher le meilleur emplacement pour une carte postale envoyée par Patrick et reçue hier. Une carte Festival des Vieilles Charrues écrite en partie en breton qui a finalement trouvé sa place sur le comptoir, contre le mur, sous la photo de Jacques Chirac. Oh, elle n'y restera pas. Quelques semaines, tout au plus, après quoi elle atterrira dans le tiroir du comptoir parmi la petite monnaie, les rouleaux de cartes bleues et les cartes de visite de commerciaux passés au salon, avant de disparaître discrètement.

Mme Habib revient en fredonnant *Le Sud*, entendue plus tôt sur Nostalgie. La transpiration dessine des auréoles brunes sur son chemisier beige. Elle range les cigarettes dans son étui argenté puis disparaît dans l'arrière-boutique où Clara l'entend se brosser les dents. Suit un silence, que des ronflements discrets meublent progressivement. Ils s'arrêtent, Jacqueline réapparaît peu après et rejoint Clara qui s'est assise derrière la caisse pour être dans l'axe de l'air conditionné. Sa patronne l'observe quelques secondes faire défiler des photos dans son téléphone, puis : *Si vous voulez partir, allez-y. Je crois que pour aujourd'hui la messe est dite.*

Les déjeuners chez ses parents la plongent dans un état de plus en plus confus. Un mélange d'angoisse et de douceur, d'angoisse délayée, c'est très étrange. Le moment y fait beaucoup. Dimanche. Dimanche midi. Le temps alors semble s'étirer comme si la Terre, exprès, tournait moins vite entre onze heures trente et seize heures ce jour-là. Et puis la lumière blanche derrière les voilages aux fenêtres du salon, les embrasses à pompons retenant les tentures, le poulet-haricots verts que sa mère leur a préparé, l'odeur qu'il diffuse dans les autres pièces que la cuisine et qui se mêle à celle du linge propre ou de l'encaustique. Tout cela l'émeut — la rassure et l'attriste — à chaque fois comme si elle le découvrait alors qu'elle l'a toujours connu puisque c'est ici qu'elle a grandi.

Le plus éprouvant, c'est la promenade qui suit le repas, sur une route plate, le long des champs, dans les environs du village. La lumière y est toujours trop forte. Clara devance ses parents que leur conversation avec JB ralentit. Ils s'arrêtent même, par moments. Ces pauses l'agacent autant que les démonstrations d'affection à celui qu'on aimerait tant voir entrer pour de bon dans la famille. L'air de contentement de sa mère, les questions stupides de son père (*Ça existe, les pompiers qui fument ?*), JB comme un coq en pâte entre eux deux. Il l'a toujours dit à Clara : *T'as tellement de chance d'avoir ces parents-là, les miens sont pas du tout comme ça.*

À force d'y penser, elle finit par comprendre. Enfin, de s'approcher de ce qui ressemble à une explication. Ça lui vient un dimanche soir sur le chemin du retour alors qu'à son extrémité le ciel déchiré jette de l'or sur la campagne de Saône-et-Loire. Ce qui lui procure ce malaise, ce sont des questions. *Est-ce ainsi que tout culmine ? Est-ce qu'on ne sera jamais plus heureux que ça ?*

Au salon, visite d'Audrey, ancienne employée venue présenter son bébé né la semaine dernière. Malo, trois kilos deux à la naissance. *Un petit Lion, comme son père.* Et aussi : *Je l'ai pas senti passer, contrairement à Elliot.* Oui, car il s'agit du deuxième depuis qu'elle a quitté Cindy Coiffure. Clara, aux anges, caresse de son index le ventre du poupon. Nolwenn, embauchée au salon après le départ d'Audrey, est moins démonstrative. Quant à Mme Habib, si elle a gardé de la sympathie pour son ex-employée, elle a toujours eu un peu de mal avec les enfants, en particulier les nouveau-nés. À peine Audrey a-t-elle repassé la porte avec son landau qu'on entend Jacqueline marmonner : *Oui, enfin, à cet âge-là, ce ne sont que des tubes. Tout ce qui rentre d'un côté ressort de l'autre.*

— Mais vous me faites mal !

En retirant ses bigoudis, Nolwenn a arraché une mèche de cheveux de Mme Quintin. C'est d'autant moins compréhensible qu'elle ne fait pratiquement que ça, des permanentes et des mises en pli.

Mme Habib ne l'a pas loupée. *Si vous voulez faire n'importe quoi, allez chez Mariella Brunella, ils vous accueilleront à bras ouverts !* Mariella Brunella est le nom d'un salon dans la galerie marchande de Carrefour. Mme Habib l'a en horreur, c'est pour elle le pire endroit où se faire coiffer, le pire endroit tout court — alors que, souvent plein, il tourne certainement mieux que Cindy Coiffure, brasse une clientèle plus jeune et diversifiée, etc.

Nolwenn a présenté ses excuses à Mme Quintin mais, l'expression de son visage restant indéchiffrable, elle donnait l'impression de ne pas en penser un mot.

Le technicien venu réparer le meuble-vitrine valait bien qu'on l'attende dix semaines. Il est superbe. Une sorte de perfection. Henry Cavill, pense Clara. Nino Castelnuovo, se dit Mme Habib. Un charme de brun, des épaules de nageur et puis une aisance, une élasticité dans les gestes. C'est à se demander ce qu'il fabrique à réparer des meubles-vitrines en Saône-et-Loire plutôt que de défiler sur les podiums à Paris ou à Milan. Il faut voir la scène à Cindy Coiffure en fin de matinée, les cinq femmes présentes dans le salon, comme statufiées, l'observant s'accroupir, s'agenouiller puis s'allonger sur le carrelage et se contorsionner pour pouvoir passer la main sous le meuble, dont la réparation est bien trop rapide. *C'est la fiche qui avait un problème,* expliquera-t-il, *j'en ai mis une nouvelle.* C'est un coup à remettre l'ancienne pour le faire revenir.

Quand elle l'a vu la première fois, Clara n'a pu retenir un sourire. Bécasse. Elle pensait qu'il faisait une farce, une vidéo pour un enterrement de vie de garçon ou quelque chose comme ça. Mme Habib, elle, avait compris. La porte n'avait pas fini de se refermer derrière lui qu'elle l'invitait à se débarrasser avec l'air affairé des gens qui ont l'habitude de gérer les situations délicates.

— J'ai pris rendez-vous à onze heures, a-t-il dit en enlevant son manteau. Sous le nom de Claudie.

Jacqueline a secoué la tête pour lui faire comprendre que la précision n'était pas nécessaire puis elle a pris son vêtement et a désigné l'une des chaises près de l'entrée.

— Clara finit avec Mme Weil et s'occupe de vous.

Il est allé s'asseoir alors que Nostalgie diffusait *True Colors* de Cyndi Lauper, une ironie de la programmation qu'aucune des trois femmes présentes dans le salon n'était assez détendue pour remarquer. Jacqueline a repris le nettoyage du présentoir sous le comptoir comme si rien d'inhabituel n'était arrivé. Clara a défait les bigoudis de Mme Weil en fronçant les sourcils, elle se reprochait son stupide sourire. Quant à la susnommée Mme Weil, ses yeux de lévrier fixaient le vide devant elle dans une expression de sidération, on pouvait pratiquement l'entendre penser : *Mais est-ce que quelqu'un va finir par me dire à quoi rime cette vie ?!*

But I see your true colors
Shining through
I see your true colors
And that's why I love you

Claude Hansen, conducteur du bus de ramassage scolaire de Romain-Rolland, était devenu une femme. Ou, plutôt, Claudie Hansen était devenue elle-même après s'être fourvoyée pendant plus de cinquante ans dans la peau de Claude. Elle l'a expliqué, après le départ de Mme Weil, à Mme Habib, Clara et Nolwenn qui, revenue de son cours de conduite, la dévisageait comme si elle voyait s'animer le poilu du monument de la place de la Libération.

Claudie abordait la phase finale de son coming out qu'elle avait voulu lent et progressif, pensant s'éviter des souffrances inutiles. Elle avait d'abord laissé pousser ses cheveux (*On aurait dit un mousquetaire*) avant de porter des talons (*Le plus dur parce qu'il n'y avait plus de doute possible*) puis des vêtements de femme. Les bijoux, le maquillage, ce n'était pas son truc. Dans un village comme celui où elle vivait, sa transformation pouvait difficilement passer inaperçue. Ça avait grogné, cancané, ricané, mais il y avait aussi les crues de la Dheune en hiver, le thermomètre qui ne descend pas en dessous de vingt les nuits d'août, les soucis de santé et, avec le temps, cette femme immense qu'on voyait au marché était devenue aussi familière que le fronton un peu sombre de l'église ou les guirlandes de Noël qu'on n'avait pas décrochées dans la rue principale. Ç'aurait été de ne plus la voir qui aurait attiré l'attention.

Quand Nolwenn, toujours moins timorée qu'on croit, lui a fait remarquer que ça ne devait pas être facile dans son métier, *avec tous ces gamins*, Claudie a expliqué que non, les adolescents la respectaient dans l'ensemble, qu'ils avaient une certaine ouverture d'esprit, que ceux qui réagissaient le plus mal étaient (là, ses phalanges aux jointures saillantes s'étaient mises à compter) les clochards ivres, les hommes jeunes quand ils étaient en groupe et les femmes pauvres, souvent avec une poussette. L'une d'elles l'avait coursée, une fois, à Auchan, elle avait dû se réfugier dans la poissonnerie d'où elle entendait l'autre qui continuait à l'invectiver de l'autre côté.

— Bon, c'est sûr que je ne suis jamais aussi tranquille que dans ma cambrousse.

Elle s'est regardée dans la glace et, de son annulaire, a écarté des mèches sur son front.

— Et ici, a-t-elle repris. C'est vrai, avec vous, je me sens bien. Je me sens moi.

Gris argenté, c'est très bien, très chic, mais Mme Lévy-Leroyer veut essayer autre chose. Avec Clara, elle passe en revue les différentes couleurs qui conviendraient à son visage sec et osseux mais sublimé par son regard émeraude. Elle finit par trouver. *Ah, je sais ! Un blond Bernadette Chirac.* Mme Habib, occupée à recopier des noms dans un répertoire tout neuf, lui jette alors un œil inquiet par-dessus ses lunettes. Elle vient d'entendre le nom de sa plus grande rivale.

Lorraine a parlé de ses vertiges au docteur Maître, qui lui a proposé de passer une IRM. Rendez-vous pris à l'hôpital du Creusot dans douze jours. Maître ne s'est pas risqué à un diagnostic mais Lorraine est persuadée qu'elle a une tumeur au cerveau. *J'ai été trop malheureuse, ça a fini par remonter.* Ce matin, on ne l'a pas entendue. Elle est arrivée avec deux petits sachets de spéculoos en plus des cafés habituels, s'est assise sur son tabouret et n'a pratiquement pas ouvert la bouche. Elle a jeté un œil mélancolique sur le salon et observé Nolwenn puis Clara, l'air de dire *On s'est bien amusées quand même, je vous regretterai, les copines.*

Après son départ, Nolwenn a profité de l'encaissement de sa première cliente pour prendre les deux sachets de spéculoos, restés sur le comptoir. Elle en a glissé un dans sa poche et a ouvert l'autre pour engloutir ses biscuits sur-le-champ.

Il vient sans avoir pris rendez-vous, un mercredi, en milieu d'après-midi. C'est l'automne, le jour décline déjà. Nolwenn est en séminaire management et Mme Habib sortie acheter du Doliprane. La journée a été calme.

Clara voit tout de suite qu'il n'est pas du coin. À sa manière de se tenir, de demander *C'est bon, sans rendez-vous ?* Ses gestes sont amples et nerveux. Il s'enfonce dans le siège rapidement, s'immobilise aussitôt. Elle se dit qu'il est artiste, acteur — oui, acteur, il y en a plein qui ne sont pas connus. Elle n'ose pas poser les mains sur ses épaules.

— Qu'est-ce qu'on fait ?

— Ah, euh, quelque chose de clean. De court. Enfin, faut surtout que ce soit clean, je vous fais confiance.

— Vous les coiffez comment habituellement ?

Il passe une main au-dessus de sa tête, de la droite vers la gauche.

— Comme ça.

— Et la nuque, on la dégage ?

— Oui.

— Droite ou plutôt fondue ?

— Droite, c'est très bien.

C'est un cheveu très fin, elle y passe les doigts, c'est de la soie. Le moindre coup de ciseau va se voir, il va falloir faire attention, prendre son temps.

— J'ai une bosse de naissance, là, ne soyez pas surprise.

— Pas de souci.

Shampoing. Il ferme les yeux, elle en profite pour regarder son visage à l'envers et se dit qu'il répète son texte. Pourquoi a-t-elle besoin de l'imaginer acteur ? Elle se demande s'ils seraient heureux ensemble. Peut-être, si elle aussi était actrice. Ou artiste. Enfin, pas coiffeuse. Si c'était le cas, est-ce qu'il lui ferait toujours envie après trois ans de vie commune ?

Pendant la coupe, ils ne parlent pas. Dans un salon, on redoute facilement le silence, on se sent obligé de l'abréger mais pas cette fois. C'est un silence de concentration, un silence de plaisir, pas de vide ni d'absence. Nostalgie diffuse *Tout doucement* de Bibie. Clara trouve la chanson magnifique et se promet qu'elle la réécoutera dans le bus. Ça lui arrive régulièrement. Elle est touchée par des chansons qu'elle avait oubliées et qu'elle prévoit de retrouver sur YouTube, une fois tranquille. Seulement, en quittant le salon, elle se laisse rattraper par toutes sortes de choses — acheter du lait, appeler sa mère — et ne le fait jamais.

Tout simplement
Fermé pour cause de sentiments différents
Reviendrai p't-être dans un jour, un mois, un an
Dans son cœur, dans sa tête

L'homme ouvre les yeux, lui sourit. Elle l'imite avant de baisser la tête. Celui-là, même après trois ans, lui ferait encore envie…

Et puis Mme Habib arrive et *Tout doucement* laisse place à une pub pour Leclerc.

Jacqueline essuie ses pieds sur le paillasson.

— Y a la croix de la pharmacie qui s'est détachée, elle se balance au bout d'un fil, c'est impressionnant.

Elle réalise qu'elle ne connaît pas la personne que Clara est en train de coiffer, un homme qui plus est. Un changement opère instantanément : elle passe en mode *Homme au salon*. Elle va déposer son manteau dans la penderie en se tenant bien droite et revient en caressant les dossiers de siège comme si c'était l'expression d'une irrépressible sensualité. Ça ne s'arrange pas.

Quand Clara a fini, l'homme se lève et elle lui redevient étrangère. Au même moment, Mme Chicheportiche arrive avec son petit-fils, Ferdinand. C'est mercredi, elle l'a récupéré après son cours de trombone et l'amène *au coiffeur*. Clara les débarrasse et va ranger leurs manteaux dans la penderie. À son retour, l'homme est parti. Il n'a pas laissé de pourboire. Elle est un peu déçue. Pas pour le pourboire mais parce qu'elle ne le verra plus. Elle installe Ferdinand et, alors que son pied actionne la pédale qui fait monter le siège, son regard est attiré par un objet sur la tablette. Un livre, oublié par l'homme. Un livre de poche. Elle ne se voit pas sortir pour le rattraper. Ça lui fera une bonne raison de repasser au salon. Puis elle réalise que si Mme Habib le remarque, elle se fera un plaisir, elle, de lui courir après pour lui rendre son bien. Alors elle se rapproche de la tablette, ouvre le tiroir et y dépose le livre aussi naturellement que s'il s'agissait d'un peigne ou d'une paire de ciseaux. Jacqueline ne l'a pas vue, elle écoute la mère Chicheportiche lui parler d'une petite maison dont elle vient d'hériter. *Avec de la glycine au-dessus de la porte, comme j'ai toujours voulu.*

Clara se sent mieux. Ce livre dans le tiroir, c'est un peu comme si l'homme était encore là. Elle passe une main dans les cheveux de Ferdinand puis la pose sur son épaule. Il change, Ferdinand, il prend de l'épaisseur, de l'assurance. Enfin, en apparence. Quand il répond à ses questions, ses joues s'embrasent toujours autant.

Ce n'est que plus tard, en ouvrant le tiroir pour y prendre un chouchou, qu'elle retrouve ce livre qu'elle avait oublié. Elle repense à l'homme, son mystère, sa nervosité gracieuse. Il n'est pas repassé au salon. Et s'il l'avait laissé exprès, son livre ? Elle en découvre le titre et la couverture. On y voit une femme dans une belle robe en mousseline et un petit garçon aux joues roses. Le détail d'un tableau ancien. Elle l'ouvre, le feuillette, repère une page cornée, vers la fin du premier tiers. Une phrase a été soulignée au bille bleu. *Vous avez une jolie âme, d'une qualité rare, une nature d'artiste, ne la laissez pas manquer de ce qu'il lui faut.*

Elle glissera le livre dans son sac. Il y restera jusqu'au lundi suivant où, mettant de l'ordre dans son cabas et avant d'être distraite par une visite de la voisine, elle le posera, chez elle, sur la table du salon. Le matin suivant, il attirera l'attention de JB qui, débarquant dans la pièce avec son bol de Chocapic, l'attrapera au passage, découvrira le titre, le nom de l'auteur, le détail du tableau en couverture, ne ressentira rien de particulier et le laissera plus loin, à un bout de la table basse. Quelques jours plus tard, le chat le fera tomber en se réceptionnant maladroitement après un saut depuis le canapé, chute qui lui fera quitter la pièce comme s'il s'y trouvait un tireur fou. Le soir même, Clara ramassera le livre qu'elle rangera dans la bibliothèque du couloir, sur la même étagère que *L'Appel de l'ange* et *La Fille de papier* de Guillaume Musso, *Ma médecine naturelle* du Dr Fabrice Visson, *Glacé* de Bernard Minier, *Moi, Zlatan Ibrahimović* de Zlatan Ibrahimović, *Le Secret* de Rhonda Byrne (cadeau d'Anaïs, amie d'enfance de Clara), *Les Trente Plus Beaux Sentiers de randonnée en Bourgogne* (cadeau de son père), *Trois baisers* de Katherine Pancol, *Bélier, votre horoscope jour par jour*, édition 2011, 2013, 2015, 2016, 2018, ainsi qu'une douzaine de mangas signés Akira Toriyama, très appréciés de JB. Le livre y restera très exactement cinq mois, vingt-neuf jours, deux heures et quarante-sept minutes.

C'est un dimanche de mars, en milieu d'après-midi. Elle se réveille d'une sieste. La neige a cessé de tomber mais projette sa blancheur sur le plafond de l'appartement, c'est assez joli. Sur le pouf, en face du canapé, le chat l'observe, l'air de dire *Qui êtes-vous et que faites-vous chez moi ?* avant de bâiller à s'en déboîter la mâchoire. JB aide un copain à déménager depuis le matin, le déjeuner chez les parents a été annulé.

Elle profite de la tranquillité de l'appartement pour prendre un bain puis elle appelle sa mère. Après ça, elle sort du congélateur une tourte poulet-champignons en prévision du dîner et se prépare un thé. Alors que l'eau bout, elle reçoit un message de JB (*On retourne à Sevrey, on aura pas fini avant ce soir*) et lui répond de deux émojis (un biceps contracté, un bisou). Elle ouvre Instagram qu'elle referme très vite, pose le portable sur le plan de travail et regarde par la fenêtre en se disant qu'elle ferait bien l'amour. La neige, le froid, le silence ouaté doivent y être pour quelque chose. Elle ferait bien l'amour avec Jacob Elordi. Elle l'a découvert cette semaine dans une série qu'elle a regardée avec JB. À chacune de ses apparitions à l'écran, elle se demandait si elle parvenait à dissimuler le désir qu'il lui inspirait. Elle a toujours aimé les grands minces, presque maigres. Comme ce client au salon, il y a quelque temps. Elle n'a pas oublié ses longues mains, ses doigts effilés, elle les imagine enserrant sa taille. Elle revoit aussi sa bouche, se la figure entrouverte, soufflant un air tiède à quelques centimètres de la sienne, elle ne sait pas pourquoi cette image lui fait autant d'effet... Il avait laissé un livre au salon. Un livre de poche. C'était quoi, déjà ?

II

MARCEL

D'abord, rien. *Nada, niente, nichts.* Une première phrase aussi connue qu'un slogan publicitaire ou le refrain d'une chanson d'enfant et tout s'obscurcit. Les mots sont des fourmis alignées sous ses yeux. Il est question de François Ier, de Charles Quint et de métempsycose. François Ier est un roi de France. Charles Quint, c'est déjà plus obscur. Quant à *métempsycose*, ce n'est pas au salon ou dans la bouche de JB qu'elle risque de l'avoir entendu. C'est quoi, ce livre ?

Elle boit une gorgée de thé, remonte le plaid sur ses jambes, reprend sa lecture. Là, une phrase l'interpelle telle une main qui lui ferait signe. *J'appuyais tendrement mes joues contre les belles joues de l'oreiller qui, pleines et fraîches, sont comme les joues de notre enfance.* L'image la touche et ce qui suit encore plus. Il y est question d'une fausse joie. Un homme se réveille dans son lit. Comme il est souffrant, il se réjouit en voyant la lumière sous la porte. C'est le matin, il va pouvoir demander de l'aide. Mais non. En fait, le rai de lumière était produit par une lampe à gaz qu'on vient d'éteindre dans le couloir. C'est encore le soir, il n'a dormi que quelques minutes et devra encore souffrir de longues heures…

Elle continue, veut savoir, elle est curieuse, l'a toujours été. Une autre phrase l'arrête. *Un homme qui dort tient en cercle autour de lui le fil des heures, l'ordre des années et des mondes.* Impénétrable. Elle fronce les sourcils mais continue, sans plus être touchée. Les mots redeviennent des fourmis alignées. Proust parle de la position de son corps dans son lit, de son bras ankylosé, des meubles autour de lui. Écrire autant de mots pour simplement dire qu'il n'arrive pas à dormir : ce type a un problème, il faut qu'il consulte.

Elle ferme le livre, le jette sur le canapé. Ça ira, merci. Il y a certainement des gens qui aiment ce genre de lecture, elle, ce qui lui plaît, c'est Jacob Elordi. Elle se tourne du côté de la fenêtre, pense aux yeux de l'acteur, à son expression de cocker triste et alors, étrangement, comme si ses connexions neuronales avaient mis du temps à se faire, la dernière phrase qu'elle a lue lui revient. Elle reprend le livre, retrouve la page puis la phrase en question. *Tout tournait autour de moi dans l'obscurité, les choses, les pays, les années.* Et, d'un coup, tout fait sens. Cette histoire, c'est celle d'un homme couché qui va et vient entre le sommeil et la veille, le rêve et la réalité, le passé et le présent. Elle reconnaît ces états de confusion. Elle aussi, il lui est arrivé, au moment de s'endormir ou dans les secondes qui suivaient son réveil, de ne plus savoir si elle se trouvait dans cet appartement, dans la maison où elle a grandi ou dans celle de sa grand-mère à Besançon.

Elle se redresse, se concentre… Il signale qu'il arrête les allers-retours. Proust. Enfin, le personnage de son livre. Il l'écrit, à la fin d'un chapitre : il va se rappeler sa vie d'autrefois. Retourner dans le passé pour de bon et, comme Alice tombant dans le puits qui l'amène au pays des merveilles, ne pas en revenir. *À la recherche du temps perdu*. Ce voyage, pourquoi pas ? Le passé l'a toujours attirée. Les voilettes, les longues robes, les fiacres filant sur les rues pavées. Chez sa nourrice, il y avait, dans le salon, au-dessus du canapé, la reproduction d'un tableau qui doit dater de l'époque du livre. On y voyait une femme debout dans le vent. Elle avait une longue jupe blanche et une ombrelle verte à la main pour se protéger du soleil. Clara l'a tellement regardée qu'il lui semblait la voir bouger, cette femme, et parfois même, tourner la tête dans sa direction pour l'observer en silence, les yeux plissés dans le flou de la distance. C'est drôle, ça fait des années qu'elle n'y a pas repensé. C'est sa lecture qui a réveillé ce souvenir, comme s'il était caché derrière un paravent que Proust aurait déplacé avec une infinie délicatesse.

Elle a lu quoi, douze pages, et elle sait déjà comment ça va marcher entre eux. À elle de s'accrocher, de continuer à avancer, souvent dans le brouillard, parfois dans le noir, de ne pas se formaliser de ses phrases à tiroir et de ses imparfaits du subjonctif, de se munir de patience et, s'il le faut, d'un dictionnaire. À lui, en retour, à intervalles réguliers, chaque fois qu'elle s'y attend le moins, de l'éblouir.

Plus elle le lit, mieux elle le comprend. Il n'emploie pas de mots compliqués, c'est juste que ses phrases, souvent, vont *voir ailleurs*. Une fois qu'elle le sait, qu'elle a compris qu'il ne l'abandonne pas mais reviendra la chercher, ça va tout seul. En fait, ce qui le rend si particulier, c'est sa sensibilité. On n'a pas l'habitude, dans la vie courante, d'*éprouver* les choses de cette façon. Et c'est se hisser à ce degré de finesse qui demande un effort à celui qui le lit. Qui requiert toute son attention. Qui fait qu'il ne peut pas lire *Du côté de chez Swann* avec Rage Against the Machine en fond sonore. Bon, c'est un exemple.

Et puis, pourquoi le cacher, elle n'est pas peu fière : elle lit *À la recherche du temps perdu*. Elle en est capable. Ce n'est pas rien. Anaïs ne pourrait pas lire *À la recherche du temps perdu*. Nolwenn, n'en parlons pas. Et le fait que c'est arrivé comme ça, par hasard et seulement par curiosité, contribue au sentiment de triomphe qui grandit en elle.

— On mange pas ?

JB se tient debout devant elle. Le chat la dévisage avec le même air interrogateur, lui aussi doit avoir faim.

— Il est neuf heures et quart. T'as pas la dalle ?

— Si, si...

Clara s'étire.

— J'ai sorti une tourte, faut juste la réchauffer.

— Je m'en occupe si tu veux.

— Non, je vais faire une salade avec.

Elle se lève.

— Faut bien que je m'arrête à un moment.

Dans la cuisine, elle prépare la tourte, la salade, puis se glisse sur la chaise en face de JB, qui lui relate dans le menu le déménagement de Florian.

— ... le Kangoo était à ça du mur, j'exagère pas, je pouvais pas mettre une main entre les deux...

Elle voit sa bouche dire des mots tout en mâchant, elle voit son index ramasser des miettes dans son assiette, elle voit les deux éraflures sur son avant-bras, mais son esprit est ailleurs, dans un village du nom de Combray, à la fin du dix-neuvième siècle. Là, dans une chambre d'enfant, à l'étage d'une maison à colombages, se joue un drame poignant. Marcel, qui a décidément des problèmes de sommeil, n'attend qu'une chose, une fois couché : que sa mère vienne l'embrasser. Ce soir-là, la visite impromptue de Swann, un ami de la famille, retarde encore le moment du baiser maternel. Comme il n'imagine pas attendre tout ce temps, Marcel a l'idée d'écrire à sa mère un mot dans lequel il dit avoir besoin de la voir d'urgence et qu'il fait porter par Françoise, la bonne. Celle-ci vient de le quitter, la missive à la main, il attend fébrilement la venue de sa mère...

— Tu finis pas ?

JB désigne le reste de tourte dans son assiette.

— Euh, non.

Elle n'a jamais très faim le soir. Elle fait glisser l'assiette de son côté. Il en engloutit le contenu comme s'il n'avait pas mangé depuis trois jours.

— Ça va, toi ?

— Ça va.

— T'as fait quoi aujourd'hui ?

Aujourd'hui, elle a commencé la lecture d'un livre écrit il y a plus de cent ans par un homme qui ne quittait pas son lit, un livre avec des phrases interminables et dont elle a le sentiment, pour une raison qui lui échappe encore, qu'il va la rendre plus forte.

Il est presque une heure quand elle arrête de lire. JB dort à côté d'elle. Leurs corps ne se touchent pas mais elle sent la chaleur de sa peau.

La réaction de maman Proust au mot de son fils a été terrible. La pire de toutes. *Il n'y a pas de réponse*, a-t-elle fait savoir à Françoise. Marcel en a été désespéré mais, plus tard, les choses se sont retournées en sa faveur. Après le départ de Swann, entendant sa mère dans l'escalier, il est allé à sa rencontre. Son père montait lui aussi et tout ce petit monde s'est retrouvé dans le couloir. Là, voyant son fils dans tous ses états et contre toute attente, papa Proust a proposé à sa femme de passer la nuit auprès de leur enfant.

Ça rentre pas dans le bac, marmonne JB dans son sommeil, avant de pivoter sur lui-même et de se retrouver sur le dos. Clara observe sa bouche entrouverte et l'air que ça lui donne puis elle se tourne du côté opposé, éteint mais garde les yeux ouverts.

Marcel aurait dû se réjouir à l'idée que sa mère passe la nuit dans sa chambre, mais non. Ce qu'il éprouvait maintenant, c'était sa douleur à elle, la peine que lui avait causée de voir pleurer son fils, l'abaissante concession que cette peine l'avait conduite à faire. Cet aveu de faiblesse maternelle annulait par avance le plaisir qu'il aurait pu tirer de sa présence, tout sentiment de victoire personnelle.

Elle joint ses mains sous son menton, ferme les yeux et, instantanément, se retrouve dans la chambre à Combray. Par la fenêtre, elle observe les parents Proust raccompagner Swann puis les entend parler de langouste et de glace au café et à la pistache. Quand elle ne les voit plus, elle se rue dans le couloir où la mère de Marcel ne tarde pas à apparaître, sa bougie à la main.

Elle a loupé sa station de bus. C'est la première fois que ça lui arrive. Elle est descendue à De-Lattre-de-Tassigny au lieu de Libération. Le bus dans l'autre sens ne passant que treize minutes plus tard, elle a fait le trajet à pied et est arrivée en retard au salon.

Toute la nuit, elle a rêvé d'un grelot suspendu à une porte de jardin, du froissement d'une robe en mousseline dans un escalier, de clochers sonnant dans le silence du soir. Elle se promenait dans un village à la tombée du jour, elle avait dans la main un mot qui se volatilisait au moment de le remettre... Dans le bus, elle a repris sa lecture sans savoir qu'elle allait lire un passage si prenant qu'il l'a empêchée d'entendre la voix enregistrée annoncer, la première fois sur un ton légèrement plus interrogatif que la seconde : *Libération... Libération.*

Marcel devenu adulte boit une gorgée de tisane au tilleul dans laquelle il vient de tremper une madeleine et quelque chose d'extraordinaire monte en lui, reprend vie. *Toutes les fleurs de notre jardin et celles du parc de M. Swann, et les nymphéas de la Vivonne, et les bonnes gens du village et leurs petits logis et l'église et tout Combray et ses environs, tout cela qui prend forme et solidité, est sorti, ville et jardins, de ma tasse de thé.* Le passage est si puissant qu'elle l'a relu pour en éprouver à nouveau la saveur comme Marcel a repris du thé pour renouveler la sensation du souvenir.

C'est tellement vrai, tellement ça. Sa petite madeleine à elle s'est produite il y a quelques années, au collège, pendant un cours de SVT. Les beaux jours étaient de retour, on passait la tondeuse sous les fenêtres ouvertes. Le bruit du moteur de l'engin associé à l'odeur de l'herbe coupée l'a plongée dans un état de bien-être extraordinaire, comme si une main s'était mise à lui caresser la tête. Et il y avait plus. Si ce grondement et ce parfum lui faisaient cet effet, c'est qu'ils la renvoyaient à un moment de plaisir de son passé. Chez sa nourrice, en l'occurrence, qui avait pour habitude de servir un quatre-heures aux enfants dont elle avait la garde. Une tartine de baguette beurrée accompagnée d'une barre de chocolat au lait. C'est au cours d'un de ces goûters, alors qu'avec d'autres elle était attablée dans la cuisine de Mme Le Hennec, que Clara avait, pour la première fois, entendu la tondeuse qu'on passait dehors et senti l'herbe coupée.

Dans la classe de SVT, des impressions d'enfance lui étaient revenues. Le moment du goûter, comme en suspens dans un après-midi de jeux et de mouvements, le goût du chocolat au lait qui s'accordait si bien à celui de la baguette qu'on aurait dit qu'ils avaient été inventés pour être mangés ensemble. Dans le bus, des sensations de la classe de SVT avaient ressurgi. Les premières journées chaudes de l'année, la sensualité diffuse, excessive, presque douloureuse qui les accompagnait, et aussi le plaisir de ce cours facile donné par une prof sympa, les noms d'autres élèves, Estelle Joffre, Nathan Girardin... Cette troisième expérience du bonheur était si forte qu'elle s'est vue s'adresser aux passagers assis autour d'elle : *C'est fou, cette histoire de madeleine qui fait ressurgir le passé, ça vous l'a déjà fait à vous aussi ?* Et c'est alors que, cette fois, elle a entendu la voix enregistrée. *De-Lattre-de-Tassigny... De-Lattre-de-Tassigny.*

— Sa mère avait mis un comprimé dans le thé ? fait Mme Lopez en la fixant dans le miroir.

— Non, pas besoin de comprimé. C'est juste le goût du thé qu'il boit chez elle qui le fait se souvenir de celui qu'il buvait chez sa tante quand il était petit.

Par-dessus ses lunettes, Mme Habib jette un œil dans leur direction en se demandant de quoi elles peuvent parler. Mme Lopez a renoncé à comprendre ce que raconte Clara et fixe son propre reflet dans le miroir, l'air de dire *Je me fous de savoir si ce type a pris le thé chez sa tante, chez sa mère ou chez la reine d'Angleterre, tout ce que je demande, c'est que ma coupe soit réussie.*

Clara insiste :

— Comme il veut rester dans le souvenir, il reboit du thé mais ça le fait de moins en moins. Un peu comme les rêves quand on se réveille. Plus on essaie de s'en souvenir, moins on y arrive, vous avez remarqué ?

La mère Lopez tourne la tête sur le côté, observe son profil dans le miroir et lâche, pour toute réponse :

— Ouh là, pas trop court quand même.

Magnifique, le peuplier qui adresse *des supplications et des salutations désespérées* à l'orage. Magnifiques, les derniers roulements du tonnerre qui *roucoulent dans les lilas*. Magnifique, Marcel qui embrasse le vent parce que c'est l'air que son amoureuse a respiré, à quelques kilomètres de là. Et *la lumière orangée qui émane de la syllabe « antes »* du nom *Guermantes* ; la lune *sans éclat dans le ciel de l'après-midi, comme une actrice dont ce n'est pas l'heure de jouer* ; la lecture, *magique comme un profond sommeil*. À chaque fois, elle souligne la phrase ou dessine un petit cœur juste en face dans la marge.

JB vient de passer trois quarts d'heure à faire défiler des photos sur son portable avant de le poser sur sa table de chevet et de se blottir contre Clara. Elle sait qu'il va lui parler, ça l'embête parce qu'elle lit les pages particulièrement prenantes consacrées aux amours tumultueuses de Swann et d'Odette, à la jalousie de l'un, aux mensonges de l'autre. Ce livre réclame un tel engagement, il crée une relation si forte, si exclusive avec son lecteur que ce dernier peut facilement avoir l'impression que son entourage s'est ligué pour gâcher son plaisir. C'est en tout cas ce qui se produit pour elle, en qui grandit le rêve d'aller passer dix jours à la campagne, seule, pour ne rien faire d'autre que lire Proust.

La tête contre son épaule, JB observe le livre un moment avant de dire :

— Tu kiffes, non ? Tu le lis tout le temps.

Elle interrompt sa lecture, renonçant provisoirement à connaître la réaction d'Odette à qui Swann vient de demander si, comme il l'a entendu dire, elle a couché avec des femmes.

— J'aime trop.
— Tu crois que ça me plairait ?
— Mmm, je pense pas mais on sait jamais.
— Ça raconte quoi ?

Elle est tentée de répondre *Tout* mais ce serait un peu vague.

— C'est difficile à résumer.

— Vas-y, dit-il en posant sa main sur son ventre sous la couverture. Ça m'intéresse.

Elle corne le coin de la page quatre cent neuf et referme le livre.

— Alors, au départ, Marcel, enfin, le héros du livre, est dans son lit, il arrive pas à dormir et se rappelle son passé. D'abord, son enfance, quand il allait à Combray, chez sa grand-tante. Bon, elle est horrible, elle passe ses journées dans son lit à regarder par la fenêtre mais lui s'en fout, ce qu'il fait surtout, c'est se promener. Donc, il raconte tout ce qu'il voit pendant ses promenades, les fleurs, les paysages, il les décrit d'une manière hyper détaillée. Au début, c'est trop bizarre mais très vite tu comprends que s'il donne tous ces détails, c'est qu'il sent tout, qu'il voit tout. C'est juste un génie, en fait. Il parle aussi des gens autour de lui. Swann, un type qui leur rend visite. Et Françoise, aussi, la bonne. Alors, elle, je l'adore. Elle est cash et, en même temps, elle se trompe dans les mots. Elle cuisine vachement bien, elle fait un bœuf en gelée qui donne trop envie de trouver la recette… Bref, ça commence comme ça, à la campagne, et après, changement de décor, on se retrouve à Paris, dans un salon. Pas un salon de coiffure, hein. À l'époque, un salon, c'est juste des gens qui se réunissent pour écouter de la musique ou rien faire, juste parler, parler des autres, dire du mal d'eux en général. Le salon en question, c'est celui de la Verdurin. On l'appelle la Patronne mais elle est ridicule, comme tous les gens qui vont chez elle. Genre, quand elle rit, comme elle veut plus ouvrir la bouche depuis qu'elle s'est décroché la mâchoire, elle plonge en avant et se cache la tête dans les mains. Y a un type aussi, je sais plus comment il s'appelle, quand il entend quelqu'un parler de la couleur blanche, il gueule *Blanche de Castille !* comme ça, en pensant que ça lui donne l'air intelligent alors que pas du tout, ça n'a aucun rapport, c'est juste stupide. Et donc... je sais plus ce que... Ah oui, chez la Verdurin, on retrouve Swann. Mais il est pas à sa place, il est au-dessus de tous ces gens, il a de la classe, tu vois. En fait, s'il y va, c'est pour être avec Odette, qui l'obsède. Il veut savoir ce qu'elle fait quand il est pas avec elle, il la cherche dans tous les restaurants de son quartier, va regarder par la fenêtre de chez elle. Et ce qui est trop bizarre, c'est que, la première fois qu'il l'a vue, elle lui a même pas plu. Il l'a trouvée laide et il sent bien qu'elle lui cache des trucs. Et puis elle dit des mots anglais quand elle parle, genre *lunch* au lieu de *déjeuner*, c'est hyper crispant. Et, en fait, c'est parce qu'elle lui échappe qu'il devient obsédé par elle. C'est très fort ce que ça dit, quand on y pense. Ça dit que l'amour, c'est pas un truc qui nous tombe dessus, comme ça, mais qu'on décide d'aimer. Qu'on décide d'aimer ce qu'on n'a pas, parce qu'on l'a pas.

Elle s'arrête en jugeant que ça fait peut-être beaucoup pour cette heure avancée. JB ne réagit pas. Elle baisse la tête, voit sa paupière close et sa poitrine qui s'abaisse et se soulève. Il dort, évidemment. Il a dû lâcher l'affaire quand elle évoquait le détail, la précision des descriptions proustiennes.

C'est venu comme ça. À la fin d'un chapitre, elle a refermé le livre et a examiné les jeunes femmes en robe blanche allongées dans l'herbe sur sa couverture, ce qu'elle n'avait jamais pris le temps de faire. Elle l'a trouvé charmant, ce livre posé sur le plaid en mohair moutarde qui lui couvrait les jambes (elle était sur la terrasse, chez sa sœur, à Louhans) et en a fait une photo qu'elle a postée sur Instagram, après y avoir appliqué le filtre Juno et associé les hashtags *marcelproust*, *alarecherchedutemps-perdu*, *alombredesjeunesfillesenfleurs* et *roman*.

Vers dix heures du soir, elle est retournée sur Instagram. Sa photo avait reçu dix *j'aime*. À titre de comparaison, son cliché le plus apprécié, celui du chat réfugié dans le sac de sport de JB avec juste la tête qui dépasse, en a obtenu cent quatre-vingt-treize.

Mme Bozonnet passe au salon annuler son rendez-vous de l'après-midi. Elle a eu un malaise dans la galerie marchande de Carrefour, les pompiers l'ont amenée à l'hôpital où elle attend de faire des examens… Ça n'a pas de sens. Clara tourne la tête vers la caisse. Ce n'est pas Mme Bozonnet mais son mari qui est venu annuler le rendez-vous de son épouse. Ils ont exactement la même voix fluette, hésitante, *qui s'excuse.*

Lorraine débarque au salon, triomphante. L'IRM qu'elle a passée indique qu'elle n'a pas de tumeur au cerveau. Le docteur Maître lui a expliqué qu'elle souffrait sans doute de crises d'angoisse *quelque chose* (elle n'a pas retenu le mot) et lui a recommandé de voir un psychanalyste pour tenter d'en comprendre l'origine. La voilà donc en quête d'un psy, ce qui, dans la région, relève du défi. D'autant qu'elle en veut un *qui fasse des feuilles (Je rembourse quand même trois crédits !)*... On n'a jamais vu une femme aussi heureuse d'apprendre qu'elle souffre de crises d'angoisse paroxystiques.

Le rythme qu'il impose est ce qu'elle apprécie le plus chez lui. Il oblige à une lenteur mais aussi à une vigilance, c'est très particulier. Combien de fois, pendant sa lecture, son esprit a quitté les mots pour se lancer dans une liste de courses ou lui rappeler une conversation qu'elle avait eue dans la journée au salon. Lenteur et vigilance, détente et concentration. Proust, c'est son yoga.

Bien le lire, c'est aussi ne pas hésiter à sauter des passages. Ce sont quelquefois cinq pages qu'elle survole avant de reprendre sa lecture au début d'un nouveau chapitre. Sur les plus de quatre mille pages au total de la *Recherche*, il y a de la marge. Elle le fait sans état d'âme, certaine que même Marcel, s'il se relisait aujourd'hui, se trouverait trop long par moments.

Vu l'âge moyen des fidèles de Cindy Coiffure, il n'est pas rare que l'une d'elles vienne à mourir. En l'apprenant, Mme Habib soupire puis elle retire de son petit tourniquet la fiche de la cliente en question, la déchire en quatre morceaux qu'elle dépose dans la corbeille (les y jeter lui semblerait un manque de respect). La nouvelle se répand dans le salon et l'ambiance est un peu lourde pendant deux-trois heures avant que la vie ne reprenne son cours normal. Dans le cas de Mme Da Silva, parce qu'elle était la plus ancienne cliente, Jacqueline a tenu à se rendre aux obsèques. Comme elle s'est arrêtée au salon en y allant, on a pu constater qu'elle avait mis le paquet : mantille en dentelle de Calais, robe de velours noir rehaussée d'un pendentif Vierge à l'enfant, lunettes noires à la Jackie O. Elle n'aurait pas été plus chic aux obsèques d'une infante du Portugal.

Claudie Hansen fait son entrée sur les premières mesures de *Coup de soleil* de Richard Cocciante. C'est Clara qui l'accueille. Mme Habib, invitée à un mariage, a pris son samedi. Patrick est là. Nolwenn, occupée à lisser les cheveux de Mme Rinaldi, ne lève même pas la tête.

Elle est plus détendue qu'à sa visite précédente mais moins à son avantage. Comme si le temps qui passe ne lui apprenait pas à être une femme. Ses cheveux sans forme sont comme de la corde tombant de chaque côté de son visage, qu'ils font paraître énorme. Elle est maquillée mais pas comme il faudrait, ses clavicules ressortent et ses ballerines accentuent la longueur de ses pieds. En la regardant, on ne voit pas une femme mais un être que son tiraillement entre deux genres épuise. Et pourtant, ce sourire...

Après le shampoing, Clara demande son avis à Patrick, qui lui répond sans interrompre le brushing de Mme Castaneda :

— Je ferais un balayage et, pour masquer un peu le front, une frange fine. Après, brushing, et si c'est encore trop plat, pourquoi pas une minivague mais pas au mortier, un truc discret comme j'ai fait à Anne-Gaëlle samedi dernier.

C'est à peu près ce que Clara avait en tête. Elle en parle à Claudie qui la fixe dans le miroir en ponctuant chacune de ses phrases par *D'accord... D'accord...* Tout lui va. Et ce n'est pas plus important que ça, dit son regard. Ce qui compte, c'est d'être là. Elle se cale dans le fauteuil, croise ses jambes immenses et s'immobilise. Roch Voisine a pris la relève de Richard Cocciante.

J'ai pas voulu croire
Qu'un jour ton amour
Ferait demi-tour

— Oh, c'est pas vrai ! fait-elle, en se dressant sur son siège. C'est vous qui lisez ça ?

Elle veut parler d'*À l'ombre des jeunes filles en fleurs* que Clara a posé sur la tablette en revenant de déjeuner.

— Il m'a sauvé la vie, ce bouquin ! fait Claudie, en empoignant le livre.

La bouche de Clara s'étire en un sourire de gosse. Si elle avait des yeux dans le dos, elle verrait Nolwenn, surprise par cet échange inhabituel, relever mollement la tête.

Claudie retourne le livre, parcourt la quatrième de couverture, le retourne à nouveau.

— Cette merveille ! Vous en êtes où ?

— Au début. Quand il joue avec Gilberte.

— Au jardin des Champs-Élysées.

— C'est ça.

Clara semble hésiter puis se rapproche et murmure :

— D'ailleurs, à un moment, je suis pas sûre d'avoir compris. Il joue à cache-cache avec Gilberte, il tombe sur elle et, comment dire…

— Il jouit ! Tout à fait !

Les voix se taisent autour d'elles. Patrick pouffe. Même Roch Voisine donne l'impression de chanter moins fort.

Claudie attend que le bruit reprenne pour dire :

— C'est très organique, *À la recherche du temps perdu*. Ça parle beaucoup de corps, de peau. Si Proust décrit les vêtements avec autant de précision, c'est pour qu'on sente les corps en dessous. Les corps travaillés par le désir. C'est pour ça que ses personnages ont souvent le visage rouge.

Clara se fige, saisie par ce qu'elle entend de la bouche d'une conductrice de car scolaire, qui continue :

— Il va partir à Balbec, vous allez voir, ce sont des pages merveilleuses… C'est le premier ou vous en avez lu d'autres ?

— J'ai lu *Du côté de chez Swann* avant. Et vous ?

— Oh, moi, j'ai lu toute la *Recherche*, plusieurs fois ! Et je relis des passages régulièrement. Proust m'a vraiment sauvé la vie, c'est pas des histoires. Je vous raconterai, un jour.

Lentement, comme si l'onde de cette heureuse surprise passait encore en elle, elle pose le livre où elle l'a pris. Puis elle se cale dans le siège, examine Clara dans la glace et annonce :

— Je savais bien que vous n'étiez pas comme les autres.

Avec Proust, elle a l'impression de tout voir. Forcément, puisqu'il lui montre le monde visible dans ses détails infinis et un autre, derrière, caché mais vaste et puissant, qui impose sa loi, sa volonté au premier : la réalité psychique, psychologique des êtres. Et ce n'est pas tout. En l'initiant au principe de la mémoire involontaire, comme s'il posait ses mains sur ses épaules et la faisait légèrement pivoter, il enrichit son point de vue en y ajoutant une dimension qu'elle avait ignorée jusque-là, celle du temps. Le passé, en surgissant dans le présent, ne s'y prolonge-t-il pas ? Le souvenir n'a-t-il pas plus d'existence que l'épisode qu'il relate ? Pourquoi semble-t-il qu'à mesure qu'on vieillit on se souvienne de mieux en mieux ?

Quel cadeau. Elle se fait la réflexion un matin, en entendant Nolwenn parler à une cliente des *Marseillais à Dubaï*. Le temps passé à lire Proust, c'est du temps gagné, volé par l'intelligence et non *à* elle.

— Clara, je voudrais vous parler.

— Tout va bien, Jacqueline ?

— Oui oui, c'est juste... C'est Mme Lopez. Elle vient d'appeler pour prendre rendez-vous et elle a demandé à être coiffée par Nolwenn.

— Nolwenn ? Mais c'est moi qui la coiffe, Mme Lopez.

— C'est pour ça que je vous en parle. Je pense qu'elle n'était pas satisfaite, la dernière fois.

— Je lui ai fait la même chose que d'habitude, la dernière fois.

— C'est pas une histoire de coiffure. La dernière fois, je vous ai entendu lui raconter l'histoire d'un type qui boit un thé qui l'envoie dans son passé.

— Ah oui, non, je lui raconté l'histoire de la petite madeleine de Proust. Elle la connaissait pas.

— Vous lisez Proust ?

— Oui, enfin, je lisais *Du côté de chez Swann*. Maintenant, je suis dans *À l'ombre des jeunes filles en fleurs*.

— Mais pourquoi ?

— *Pourquoi* ?

— Vous préparez un examen ?

— Non, c'est comme ça, pour le plaisir. Vous l'avez lu ?

— Oui, enfin non mais c'est tout comme.

— Vous devriez, je suis sûre que ça vous plairait.

— Certainement. En attendant, je pense que c'est ce qui a déplu à Mme Lopez. J'ai bien vu à son air qu'elle n'était pas à l'aise. Vous devriez vous dispenser d'en parler aux clientes, ça doit leur filer des complexes.

— On en a parlé avec Claudie, ça lui a pas filé de complexes, elle m'a même proposé d'aller chez elle pour en parler.

— Claudie ?

— Hansen. La conductrice du bus scolaire. Elle dit que Proust a changé sa vie.

— Mais vous n'allez pas la coiffer ?

— Non, vous inquiétez pas. J'y vais pas pour ça et puis elle adore venir ici. Tout ce qu'on fera c'est parler de Proust en buvant du thé.

J'ai fait un tour dans la remise à un moment où je savais qu'il y était pas et j'ai eu confirmation qu'il y avait passé la nuit. Il avait été chercher une couverture dans le garage et avait dormi dessus. Et le soir, par la fenêtre de la cuisine, je l'ai vu qui y retournait. Ça me faisait de la peine qu'il dorme là-dedans mais à chaque fois je revoyais la Chinoise qui sautait sur un pied pour enfiler sa culotte et ça me remettait les idées en place. De son côté, il cherchait pas non plus à me parler, il se doutait bien que j'étais pas disposée, et le temps a passé comme ça, moi à la maison, lui dans la remise, sans qu'on s'adresse la parole. Des fois, je le voyais qui partait ou qui revenait. Quand nos regards se croisaient, on tournait la tête tout de suite. La nuit, je l'entendais qui venait chez nous. Il allait se servir dans le frigo, il prenait du fromage, du jambon, comme une petite souris. Ou il allait chercher des outils dans le garage. Il s'est passé un mois, je dirais, et un jour, il vient me voir. Écoute, Raymonde, c'est plus possible, j'suis pas un chien, faut que tu me reprennes. Comme j'y avais beaucoup pensé, j'avais une réponse toute prête. Je veux bien que tu reviennes à une condition. Que tu me laisses faire une chose avant. Il s'est jeté à mes pieds. Tout ce que tu voudras ! qu'il m'a dit en serrant mes jambes tellement fort que j'ai manqué de tomber... Oh, j'ai pas perdu de temps. Le lendemain matin, il faisait beau, je me souviens, je sors de chez moi sur le coup de dix heures et je vais du côté de Saint-Marcel. Là-bas, je m'arrête devant chez Blériot, le boucher. Je peux vous dire que j'en menais pas large. J'avais le cœur au bord de l'explosion, les jambes qui me tenaient à peine. Je jette un œil à l'intérieur, je vois que Bernard, le boucher, est seul. Y a pas de client et l'apprenti est pas là. C'est une chance que je dois pas laisser passer, je pense en moi-même, et je rentre. Bernard m'accueille : Ah, Raymonde, tu tombes bien, j'ai de la tête de veau, tu m'en diras des nouvelles. Comme je lui réponds trop rien, il me demande si tout va bien. Oui, je lui fais, simplement j'ai quelque chose à te demander qu'est pas facile à demander. Il me dit : V'là aut'chose, en posant les mains bien écartées sur son plan de travail. J't'écoute. Je le regarde bien dans les yeux et je commence : Bernard, tu sais depuis combien de temps on se connaît ? La question le surprend tellement qu'il bronche pas. Trente-sept ans, je fais comme ça. Au bout de trente-sept ans qu'on connaît quelqu'un, on y fait confiance, non ? Il tourne la tête sur le côté sans me lâcher des yeux. Raymonde, tu m'inquiètes, qu'est-ce qui se passe ? Alors je prends mon courage à deux mains et je me lance : Il se passe que je voudrais passer une nuit avec toi. Juste une nuit. Après quoi, promis, j'te demanderai plus rien.

Proust, ce n'est pas difficile, c'est différent.

Mais bon, il pourrait quand même aller à la ligne plus souvent.

En attendant, entre son trajet en bus, sa pause déjeuner et son coucher, elle lit ses trente pages tous les jours. Proust n'est pas Harlan Coben et, compte tenu du rythme qu'impose sa lecture, on peut parler d'un exploit, surtout pour une personne active.

— Je crois que je vais aller m'allonger.
— Qu'est-ce qui t'arrive ? demande sa mère.
— C'est quelque chose que tu as mangé ? fait son père.
— Je suis indisposée, dit-elle en se frottant le ventre.
— C'est vrai que tu as une petite mine.
— Tu ne vas pas venir te promener ?
— Non, Papa, j'ai besoin de m'allonger.
— C'est dommage, pour une fois qu'il fait beau.
— Yves, n'insiste pas. Tu sais bien que Clara a toujours eu des règles douloureuses.
— Maman…
— Faut dire les choses.
— Pourtant t'étais bien, ce matin, dit JB.
— Ça vient d'arriver.
— Tu veux qu'on rentre ?
— Non, ça va, je vais aller m'allonger. Que ça ne vous empêche pas de profiter.

Une fois dans la chambre, elle s'aperçoit qu'elle a oublié l'essentiel. Elle retourne dans le salon, où sa mère raconte une histoire qu'elle a entendue cent fois, celle d'une ancienne collègue de travail que ses règles faisaient tellement souffrir que, pour en couvrir la douleur, elle se pinçait les bras à s'en laisser des hématomes. Clara attrape son sac en faisant la moue de quelqu'un qui n'a pas toute sa tête. De retour dans la chambre, elle redresse les oreillers, s'assied dans le lit, y attire son cabas dont elle sort *À l'ombre des jeunes filles en fleurs*. Là, elle laisse échapper un long soupir de plaisir.

Ses règles, elle les a eues il y a dix jours. Seulement, elle n'imaginait pas écouter plus longtemps ses parents et JB débattre des avantages comparés du livret A et de l'assurance-vie, et encore moins les accompagner lors de la promenade à pas lents qui va suivre, alors que le baron de Charlus vient de faire son apparition dans la *Recherche* comme une grosse mouche qui se pose sur une boule de mozzarella.

Elle l'a déjà remarqué, c'est pendant la dernière portion de son trajet en bus, celle après le vieux pont, que lui viennent ses meilleures idées, les plus pertinentes, les plus constructives — sans doute parce que son cerveau réalise qu'il ne lui reste qu'un court moment de liberté.

Ce matin, ça ne loupe pas. Alors que le bus finit de traverser la Saône, elle quitte son livre des yeux et réalise ceci : cette sensibilité aux mots, à leur précision, leur musique, tout ce qui caractérise son coup de foudre pour cette œuvre et son auteur, a toujours été en elle. Ces dispositions n'avaient simplement pas d'objet jusque-là, comme une terre restée en friche, tant qu'elle n'avait pas ouvert ce livre.

D'ailleurs, ce n'est pas exactement ça. À bien y réfléchir, c'est tombé sur ce livre mais elle aurait aussi bien pu s'enticher des échecs, de la culture des bonsaïs ou de la création de parfums. Ce qui préexistait en elle, c'était la place pour une passion prenante et exigeante. Intelligente.

L'ouverture du *Côté de Guermantes*, qui raconte l'emménagement de la famille Proust dans un appartement dépendant de l'hôtel particulier des Guermantes, c'est un choc inattendu. Elle n'avait plus envie de le quitter, cet appartement, et particulièrement la cuisine de Françoise, elle redoutait que l'histoire l'emmène ailleurs. À la lecture de ces pages, quelque chose d'un peu magique s'est passé qui, pour la première fois, lui a laissé penser que les livres pouvaient être meilleurs que la vie.

— Je ne rentrais dans aucune case. Le monde entier rentrait dans des cases, moi j'essayais mais ça ne marchait pas, j'avais l'impression d'être un chat auquel on demande de résoudre une équation à deux inconnues. J'en suis venue à me détester et puis j'étais épuisée. C'est épuisant de ne pas pouvoir être qui on est. J'ai écrit une lettre dans laquelle j'expliquais tout ça, j'ai avalé un tube de Lexomil que j'ai fait passer avec du Cointreau, je me suis allongée sur mon lit et me suis endormie. Mais ma mère à qui j'avais parlé dans la matinée se doutait de quelque chose. Elle a fait défoncer ma porte par les pompiers alors qu'elle habitait à six cents kilomètres de là et je me suis réveillée à l'hôpital, très mécontente d'être encore en vie. Une ex m'y a rendu visite. On n'était plus ensemble mais on se voyait encore. Elle était bouquiniste dans l'Yonne, là-bas, vers chez Colette et, depuis des années, elle me tannait pour que je lise Proust. Cette fois, elle avait apporté un exemplaire de *Du côté de chez Swann*. Je me souviens, il y avait en couverture une aquarelle assez moche qui montrait une tête de petit garçon, une tasse de thé et des madeleines. Je l'ai ouvert, un matin, un beau matin d'automne dans le parc de l'hôpital, et ç'a été l'éblouissement. Tout m'a parlé, tout de suite. Cette délicatesse, ce sens du beau. Ce type que sa fragilité obligeait à vivre reclus, qui consacrait des pages à ses endormissements ou à décrire un buisson d'aubépines. Il avait aussi peu sa place dans le monde que moi. Je n'étais plus seule. J'étais sauvée.

La maison de Claudie lui ressemble. En bois, de plain-pied, elle donne le sentiment de ne pas avoir été faite en une fois mais au fil du temps et un peu au hasard, avec ses pièces placées où on ne s'attend pas (elle confiera plus tard qu'elle en a construit une bonne partie). Des pièces vastes, agréables à traverser et à occuper, avec des canapés, des fauteuils et des coussins en abondance. Des chats aussi qui, contrairement à d'autres, se laissent caresser et même répondent quand on leur parle. Il passe des senteurs d'orange et de cèdre, des voilages jaunes sont suspendus aux fenêtres, on pourrait aussi bien se trouver dans un canyon bordant Los Angeles au début des années soixante-dix.

Assise entre deux gros coussins recouverts de tissu au motif cachemire, ses jambes repliées sous elle, Claudie rayonne dans un grand pull à losanges qui lui fait une robe courte. Clara a compris que, pour elle, la question de la séduction ne se pose pas — se dire qu'elle est femme semble suffire à son bien-être. Un petit chien d'une race indéfinie et avec un problème à l'œil est blotti contre elle. La tête posée sur les pattes avant, il observe le vide devant lui en attendant que le sommeil le prenne.

— Plus on le lit, plus on l'aime, tu as remarqué ?

— C'est vrai, dit Clara. C'est parce qu'on se fait à son rythme. Au début, on est là, *Je comprends pas, cette phrase devrait s'arrêter et elle continue*, mais c'est parce qu'on le lit trop vite, c'est une erreur. Il faut prendre son temps, faire des pauses. Maintenant, quand je le lis, j'ai l'impression de l'entendre me parler.

— Une vraie proustienne… Et son humour, tu as remarqué comme il est drôle ?

— Oui ! C'est très visuel, on est vraiment dans un film par moments. Quand il descend du fiacre parce qu'il a vu une fille sur le trottoir et qu'il tombe sur la Verdurin qui croit que c'est pour elle qu'il a accouru.

— C'est merveilleux ! Tu vas voir, c'est de plus en plus drôle. Tu as commencé *Le Côté de Guermantes* ?

— Oui, j'ai lu le début que j'ai adoré mais je me suis arrêtée pour relire *Un amour de Swann*. Je ne sais pas pourquoi j'ai eu envie.

— Ça arrive avec ce grand livre. On éprouve souvent le besoin de revenir en arrière. Sans doute pour être sûr qu'on n'a rien loupé. En tout cas, tu vas te régaler avec *Guermantes*, c'est plein de scènes de salon hilarantes.

Comme s'il réagissait à cette dernière remarque, le petit chien lève la tête en jappant, descend du canapé et se met à courir. Clara se retourne et le voit faire la fête à une femme qui vient d'entrer dans la pièce. La soixantaine, des lunettes rondes, des cheveux poivre et sel en pétard.

— Clara, je te présente Michèle, fait Claudie en dépliant ses jambes. Mon épouse. Je ne pense pas que vous vous connaissiez.

C'est vrai, Claude avait une femme. Clara avait mis

cette information de côté, présumant que le couple s'était défait quand Claudie s'était incarnée…

— Comme vous êtes jolie, lui dit Michèle, en lui touchant la tête. Alors c'est vous, la coiffeuse qui lit Marcel Proust ? Il faudra m'expliquer comment vous faites. Moi, je n'ai jamais pu. C'est somnifère, direct.

— Elle ne voit en lui qu'un écrivain mondain, dit Claudie. J'ai beau lui répéter qu'il ne l'est pas…

— Ce qui me dérange, c'est qu'il soit resté bien au chaud dans son lit à raconter ses histoires de duchesses pendant que toute une génération se faisait faucher dans les tranchées.

— Il était asthmatique, il pouvait à peine se traîner de son lit jusqu'en bas de chez lui ! Et je ne parle pas de son hypersensibilité. Enfin, Michèle, le tintement d'une cuillère contre un verre pouvait le faire défaillir, comment voulais-tu qu'il soit mobilisé ? Au lieu de ça, il a rendu service à l'humanité en écrivant un chef-d'œuvre de la littérature mondiale.

Clara les regarde, l'une puis l'autre, comme au tennis.

— Il aurait pu au moins en parler, dit Michèle.

— De ?

— La guerre. Et des conditions de vie des ouvriers à l'époque, des enfants qu'on envoyait à l'usine.

— La guerre, il en parle ! Il n'y en a que pour elle dans *Le Temps retrouvé*. Et pour les conditions de vie des ouvriers, tu as Zola ou Louise Michel qui font ça très bien. Cela dit, je crois que si Proust avait été pauvre, il n'aurait pas écrit un livre très différent. Je pense qu'il aurait observé les mêmes petitesses, la même hypocrisie.

— Elle a réponse à tout, dit Michèle à Clara, en posant la main sur son épaule. Vous restez dîner.

— Euh…

— Mais je ne vous donne pas le choix. J'ai des tomates et de la feta du marché, je vais faire une salade grecque. Et vous goûterez le pain qu'on fait ici, vous m'en donnerez des nouvelles.

Ses yeux se posent brièvement sur sa femme et, comme rassurée que tout soit à sa place dans ce salon comme dans sa vie, elle s'en va, le chien borgne à ses trousses.

Clara se tourne vers Claudie, qui s'extrait du canapé.

— Je vais te montrer quelque chose, viens.

Elle l'entraîne dans la pièce voisine, une sorte d'antichambre qu'occupe un simple vélo de femme, puis dans une autre, une petite bibliothèque au plafond bas et aux murs couverts de rayonnages ployant sous les livres, les vieux trente-trois tours et les rangées de CD. Ce sont ces derniers qui l'intéressent.

— Tu m'as dit qu'en ce moment tu relis… ?

— *Un amour de Swann.*

— *Un amour de Swann,* répète Claudie, en retirant du lot le boîtier correspondant.

Sans rien ajouter, elle ramène Clara au salon, qu'elles ne font que traverser. Elles en sortent par une petite porte vitrée et les voilà qui s'installent sous un porche derrière la maison d'où le regard embrasse un terrain en pente, remontant, plus loin, pour se fondre dans une brume où ne transparaissent que quelques toits de tuiles blottis autour d'un clocher. Claudie laisse son invitée quelques minutes, revient avec deux bouteilles d'Heineken et un lecteur de CD en forme de gros galet. Elle tend sa bière à

Clara, s'allume une cigarette, glisse le CD dans le lecteur. Puis elle s'enfonce dans une chaise en osier, pose ses pieds sur un petit parapet devant elle et attend en observant la campagne.

Alors, dans ce coin perdu de Saône-et-Loire, à la vue d'un ciel rosissant et sur fond du chant d'un merle particulièrement disert, s'élève la voix d'André Dussollier, la belle voix chaude et amie d'André Dussollier :

— *Le docteur Cottard ne savait jamais d'une façon certaine de quel ton il devait répondre à quelqu'un, si son interlocuteur voulait rire ou était sérieux...*

Dans son bain, elle tombe sur la phrase suivante qu'elle doit relire cinq fois avant de la comprendre :

C'était assez pour réveiller en lui l'ancienne angoisse, lamentable et contradictoire excroissance de son amour, et qui éloignait Swann de ce qu'elle était comme un besoin d'atteindre (le sentiment réel que cette jeune femme avait pour lui, le désir caché de ses journées, le secret de son cœur), car entre Swann et celle qu'il aimait cette angoisse interposait un amas réfractaire de soupçons antérieurs, ayant leur cause en Odette, ou en telle autre peut-être qui avait précédé Odette, et qui ne permettaient plus à l'amant vieilli de connaître sa maîtresse d'aujourd'hui qu'à travers le fantôme ancien et collectif de la « femme qui excitait sa jalousie » dans lequel il avait arbitrairement incarné son nouvel amour.

Ce qui veut dire que Swann éprouve une jalousie injustifiée pour sa nouvelle conquête parce qu'il a été jaloux d'autres femmes, notamment d'Odette, avant elle.

Une fois qu'elle l'a comprise, elle lui apparaît incroyablement limpide. Il lui semble même qu'il serait impossible de le dire aussi bien, aussi *précisément*, autrement.

Elle a commencé par se dire que Nolwenn avait des manières en commun avec Françoise, dans la *Recherche*. Puis c'est Mme Habib qui lui est apparue comme un personnage sorti du livre avec ses accès de snobisme, ses tics de langage et de gestes, son regard de grenouille mélancolique. Finalement, elle comprend : ce livre est si vaste, il aborde tellement de questions qu'il est quasiment impossible quand on le lit de voir le monde autrement que par son prisme. La moindre chose devient proustienne. Une grappe de glycine, le violet de ses fleurs sur le vert de ses feuilles. La poussière en suspension dans une lame de lumière traversant une pièce sombre. Et Annick, sa mère, qui, chaque fois qu'elle est prise en photo, tourne légèrement la tête et entrouvre la bouche comme si quelqu'un d'autre que le photographe l'appelait au même instant. Ça, c'est proustien, vraiment proustien.

Elle le lit avant de s'endormir et, souvent, ce qu'elle voit en fermant les yeux, ce sont des fleurs. Des capucines au grand soleil, des haies d'aubépines au parfum d'amandes, des fleurs de pommiers se balançant sous une pluie printanière. Et des lilas comme à l'entrée du parc de Swann, des bouquets de violettes comme sur le corsage d'Odette, des roses de Pennsylvanie comme à Balbec, des myosotis, des coquelicots, des pervenches. Leurs couleurs persistent et imprègnent le début de ses rêves qui, soumis eux aussi au rayonnement proustien, n'ont jamais été aussi créatifs, aussi vastes.

Elle consigne maintenant ses impressions de lecture, comme le lui a conseillé Claudie, dans un petit carnet rose :

Dans ce livre, les gens passent leur temps à se guetter. Swann guette Odette, Marcel guette Gilberte, Marcel guette la duchesse de Guermantes.

Nom « Guermantes » comme un ballon qu'on crève et alors tout Combray apparaît.

On fait les choses pour d'autres raisons que celles qu'on croit.

Et aussi les phrases qui l'ont touchée, pour une raison ou une autre :

Il soufflait un vent humide et doux.

Il se rendait compte que les qualités d'Odette ne justifiaient pas qu'il attachât tant de prix aux moments passés auprès d'elle.

Un événement que nous désirons ne se produisant jamais comme nous avons pensé, à défaut des avantages sur lesquels nous croyions pouvoir compter, d'autres que nous n'espérions pas se sont présentés, le tout se compense.

On ne reçoit pas la sagesse, il faut la découvrir soi-même après un trajet que personne ne peut faire pour nous, ne peut nous épargner, car elle est un point de vue sur les choses.

L'existence n'a guère d'intérêt que dans les journées où la poussière des réalités est mêlée de sable magique.

… où la poussière des réalités est mêlée de sable magique.

Proust. Avant, ce nom mythique était pour elle comme celui de certaines villes – Capri, Saint-Pétersbourg… – où il était entendu qu'elle ne mettrait jamais les pieds.

Les mots, il n'a jamais trop maîtrisé, surtout quand il s'agit de dire des choses importantes. Le sachant, il a dû se préparer, peut-être même répéter tout seul au volant du Duster, en bas de l'immeuble, avant de monter — elle le devine à son air, à son regard, à la tournure de sa phrase, rien de tout cela n'est habituel chez lui. Il échoue malgré tout à amoindrir le choc de son annonce. D'abord parce que le moment est mal choisi. Un lundi de Pâques radieux après vingt jours de pluie. Clara n'a qu'une envie, c'est de se débarrasser de ce qui lui reste de repassage pour filer chez sa sœur, sur sa terrasse grandiose, avancer dans *Le Côté de Guermantes*.

L'annonce, donc :

— Clara, j'ai quelque chose de pas agréable à te dire. Voilà, j'ai rencontré quelqu'un et j'ai envie de faire un bout de chemin avec elle.

Là, coup d'œil vers la poche de son jean d'où s'échappe l'insupportable intro de *The Final Countdown* dont il a fait la sonnerie de son portable dernièrement après l'avoir entendue à un Monster Jam. On sent un flottement, il a l'air d'hésiter à prendre l'appel.

— Tu veux… ? demande Clara.

— Non, ils laisseront un message.

— Non, je voulais dire : tu veux qu'on se sépare ?

— Ah. Oui, en fait.

C'est catastrophique, ils ont du mal à s'entendre, se comprendre comme, au fond, ils ont toujours eu du mal à s'entendre, se comprendre.

Il attend que le silence revienne pour dire :

— Je t'aimerai toujours, ça ne disparaîtra pas, c'est juste que j'ai envie de continuer la route avec quelqu'un d'autre.

Typiquement le genre de phrase qu'il a dû s'entraîner à dire, peut-être même lui a-t-elle été soufflée par celle avec qui il a envie de continuer la route (*Dis-lui bien que tu l'aimeras toujours, ça fera passer la pilule*).

Clara croise les bras sous sa poitrine, lève une main, qu'elle pose sur son cou. JB lui demande si ça va.

— Oui, je suis juste… Je suis surprise.

— On fait plus du tout l'amour.

Elle était sûre qu'il parlerait de ça.

— J'ai compté, ajoute-t-il, ça fait dix mois. Dix mois, tu te rends compte ?

— Je sais.

— J'ai vingt-cinq ans et toi vingt-trois.

— Je sais.

C'est un peu comme si elle assistait au départ d'une fusée. Il se passe indéniablement quelque chose, tout gronde et s'enflamme mais elle ne bouge pas, reste entière, ne sent rien d'autre, peut-être, qu'un peu de chaleur. Elle n'a pas envie de pleurer, d'attraper le premier objet à sa portée pour le lancer au visage de JB, elle n'éprouve même pas le besoin de s'asseoir. L'idée la traverse qu'il aurait pu attendre ce soir pour lui parler (elle ne va jamais pouvoir lire *Le Côté de Guermantes* maintenant) puis elle lève les yeux vers lui et, sur le ton curieux mais dépassionné de quelqu'un qui questionne un serveur sur la composition de sa salade du pêcheur, demande :

— C'est qui ?

Il n'a pas l'intention de dévoiler cette information et, comme il est doux de nature, le signifie en fermant doucement les yeux.

— Tu peux me le dire, insiste Clara, je chercherai pas à la contacter. Tu me connais, c'est pas mon genre. Je veux juste pas avoir l'air conne si elle se pointe au salon.

— Non, elle va pas au salon. Elle va à Beaune.

— Elle est de Beaune ?

JB concède un hochement de tête.

— C'est là où t'as été parler de ton métier. Elle est prof là-bas et tu l'as rencontrée en allant dans sa classe ? Dis-moi juste si j'ai raison, je te demanderai rien d'autre.

Il ne répond rien mais, à son air contrit, elle comprend qu'elle a visé juste. Il n'a jamais su, non plus, masquer ses émotions.

Isabelle Audoin. C'est son nom. JB ne le lui a pas donné, d'ailleurs elle ne l'a pas revu depuis l'annonce, il est parti l'après-midi même, il avait tout prévu, anticipé. Elle l'a trouvé toute seule, sur Internet, au terme d'une enquête d'environ six minutes (allumer l'ordinateur a pris plus de temps que la recherche elle-même). Elle se souvenait qu'il était allé parler dans un lycée viticole à Beaune. Il n'y a qu'un lycée viticole à Beaune, qui emploie une dizaine d'enseignants dont deux seulement sont des femmes. Leurs noms figurent sur le site de l'établissement, au-dessus de photos prises au milieu des vignes. Catherine Cucq, grande, mince, apparemment en pleine santé (une tête à faire le pèlerinage de Compostelle) mais la cinquantaine, les cheveux courts et la peau sur les os. Pas le genre de JB, contrairement à Isabelle Audoin qui, bien plus jeune, a une structure osseuse parfaite, comme dirait Patrick, une tête à aimer les activités de plein air et à savoir s'y prendre avec les enfants. C'est elle, ça ne fait aucun doute. Elle a le même type de beauté que Clara mais en plus dynamique, moins romantique. Et puis sa photo n'est pas datée, impossible de savoir quand elle a été prise, mais elle y a une expression victorieuse qui pourrait aisément signifier *Je vis une histoire avec un pompier beau comme Flynn Rider, je n'ai jamais autant fait l'amour et me suis rarement sentie aussi épanouie.*

C'est un temps d'épreuves, d'événements un peu fous. La même semaine, à un bout et à l'autre, le départ de JB, et Mme Bach. Mme Bach est une femme grande comme un arbre, avec de longs cheveux gris et des lunettes qui lui font des yeux de mouche. Elle était cliente du salon autrefois (époque Audrey) avant qu'on la voie moins, ce qui n'a surpris personne, on sentait bien un glissement. Un jour, on a appris qu'elle était aux Myosotis, un Ehpad de la région, Mme Habib a retiré sa fiche de son petit tourniquet comme elle fait pour les clientes mortes et on a oublié sa grande figure qui s'affaissait vers le bas comme une bougie.

Jusqu'à ce matin. Peu après l'ouverture, Lorraine venait de grimper sur son tabouret, on a vu Mme Bach, sur le trottoir, se planter devant la vitrine de Cindy Coiffure, hagarde. C'est Nolwenn qui, levant les yeux de son portable, l'a remarquée en premier.

— Oh, purée.

Oh, purée parce que Mme Bach portait un tee-shirt gris orné du triangle vert de Leroy Merlin et, plus bas, rien.

Pas de robe, pas de pantalon, pas de collant ni de culotte. À la voir, on comprenait : elle avait quitté son lit des Myosotis et, sans prendre le temps de s'habiller — sans même, sans doute, en avoir l'idée —, avait marché jusqu'ici.

Sur le trottoir, Mme Habib lui a passé une blouse. Elle est revenue avec elle et l'a installée au fond du salon, au poste de travail de Nolwenn. Mme Bach ne semblait pas entendre les questions qu'on lui posait et paraissait aussi ignorer le fait que sa main tenait un verre d'eau. Elle observait les femmes qui s'affairaient autour d'elle avec, dans le regard, un vague début d'étonnement.

Comment était-elle venue jusqu'au salon ? De quoi son inconscient en faisait-il le lieu ? Peut-être s'agissait-il d'un simple loupé : son cerveau, effaçant d'un coup un certain nombre d'années, l'avait fait se retrouver au matin d'un jour où elle y avait rendez-vous.

Mme Habib a contacté l'Ehpad qui lui a confirmé qu'elle *sortait* de plus en plus. En attendant leur chauffeur, Jacqueline a demandé à Mme Bach si elle voulait qu'on s'occupe de ses cheveux. Ne recevant pas de réponse, elle a décidé qu'on les lui laverait. Et comme ni Nolwenn ni Clara n'étaient disponibles, elle a retiré ses bracelets, retroussé les manches de son chemisier en satin crème et a elle-même prodigué le shampoing.

Elle oublie un peu Proust, forcément. JB et Isabelle Audoin lui occupent l'esprit, y compris lors de ses trajets en bus et, pendant quelques semaines, le livre dort au fond de son cabas. Puis, à la faveur d'un après-midi dominical où il était question qu'elle retrouve ses parents à l'expo Lavoirs de Bourgogne au Musée de la photo, elle décide de rester chez elle où elle rouvre *Le Côté de Guermantes*, et Marcel fait son come-back. Son intelligence lumineuse, sa finesse lui reviennent, elle se demande comment elle a pu faire sans et se met à le lire avidement. Ces pages ont un pouvoir consolateur équivalent voire supérieur à celui du soleil ou du chocolat et elle s'en enfile cent cinquante en trois jours.

On ne dit jamais à quelqu'un qui s'est fait larguer sans préavis après trois ans et demi de vie commune *Tu devrais lire « Le Côté de Guermantes »*. On lui conseillera plus naturellement de s'inscrire dans une salle de sport ou de prendre un chat, mais c'est une erreur. Non pas de s'inscrire dans une salle de sport ou de prendre un chat mais de mettre Proust de côté. S'il n'a pas précisément écrit un guide de survie aux séparations douloureuses, Marcel n'a pas son pareil pour réconforter son lecteur esseulé. D'abord en le rendant plus intelligent, ce qui n'est pas rien, et aussi en lui faisant réaliser que l'amour n'existe pas, qu'il n'est qu'une fabrication de notre cerveau en réponse à notre frustration existentielle, à notre terreur de l'abandon, que la personne qu'on croit aimer n'a rien à voir avec qui elle est réellement, qu'on la désire parce qu'elle nous échappe mais que, une fois qu'on l'a, on ne comprend même plus ce qui nous la faisait désirer, qu'on est de toute façon irrémissiblement seul, et qu'ainsi donc, en amour, on ne fait jamais que souffrir le martyre ou s'ennuyer comme un rat mort.

Toute tentation qu'elle pourrait avoir de regretter le couple qu'elle formait avec JB est pulvérisée avant même de prendre forme aussi efficacement que les vaisseaux de l'Empire galactique à la fin du *Retour du Jedi*. Et lorsque, malgré tout, malgré Proust, un accès de nostalgie parvient à se frayer un chemin dans son cœur, il lui suffit de se rappeler les dix derniers mois de leur relation passés sans se toucher, le grand corps pâle de JB qui, alors, lui faisait autant envie que des pieds paquets à un végétarien, ou encore le rêve qu'elle nourrissait à la même époque de partir seule dans une campagne recluse afin de pouvoir lire sans avoir les bruitages d'une console de jeux pour fond sonore ou être interrompue par des questions portant sur l'horaire ou la composition du prochain repas.

Le plus pénible, finalement — c'est souvent le cas lors des grandes épreuves personnelles — ce sont les autres. Sa mère, que le départ de JB affecte exagérément, autant pratiquement que si c'était elle qu'il avait quittée. Elle passe plusieurs semaines dans un état proche de la panique à envoyer à Clara des textos complètement à côté de la plaque, commençant en général par *J'ai bien réfléchi. J'ai bien réfléchi, tu devrais lui écrire une lettre dans laquelle tu lui dis que 1/ dans la vie, on a tous droit à une seconde chance (très important) et que 2/ s'il est d'accord, tu aimerais le revoir pour en parler sereinement...* Suivra un état d'ahurissement qu'on pensera guérir par une cure de magnésium mais qui ne le sera que plus tard, lors d'une marche organisée par son club de randonnée entre Millau et les gorges du Tarn, au cours de laquelle Annick se débarrassera du projet d'avoir JB pour gendre aussi simplement que d'une pelure d'orange.

Et, bien sûr, Mme Habib, à laquelle Clara ne dit mot de ce qui s'est passé pendant plusieurs semaines avant de lui cracher le morceau, un soir où toutes deux ferment le salon. Captivée par son récit, les lèvres frémissant d'émotion, Jacqueline l'écoute en la dévorant de ses gros yeux tristes. Il est clair qu'il réveille un souvenir personnel, lui fait revivre une ou plusieurs séparations passées. *Mais comment vous allez faire ?* bredouille-t-elle, comme si Clara lui avait annoncé qu'elle avait tout perdu dans un incendie, avant d'allumer une cigarette et de laisser tomber, dans un soupir de femme saoule : *Ah, vraiment, il faudrait leur couper la bite.*

Un soir, pourtant, une douleur insiste alors qu'elle se projette intérieurement le film de ce qui s'est passé à son insu au lycée viticole de Beaune. Le premier regard, les premiers mots que JB et Isabelle Audoin ont échangés une fois qu'ils ont compris que les choses prenaient une tournure non professionnelle. Ça s'est passé où ? Dans sa classe, après les cours ? Dans le Duster ? À la première ou à la deuxième visite de JB ? Le connaissant, Clara sait les gestes qu'il a eus, la lenteur avant la précipitation, la voix qui se modifie, elle sait le goût, les odeurs, de sa bouche, de son corps. A-t-il embrassé la plante des pieds d'Isabelle Audoin comme il aimait le faire avec Clara ? A-t-il enroulé ses lèvres autour de son gros orteil ?

Elle se lève, va prendre une moitié de Lexomil dans la salle de bains et revient se coucher.

Comment est-il possible qu'elle se sente privée d'un être qui, lorsqu'il était là, l'encombrait ? Qu'elle souffre de ne plus l'avoir alors qu'elle n'en voulait plus ? Que regrette-t-elle exactement ? Son plus grand désir n'est pourtant pas de le récupérer…

L'amour, c'est autre chose que l'amour. Et sa disparition autre chose que sa disparition. Fixant le plafond des yeux, elle se détend en imaginant Proust prononcer ces mots. *Il faut voir le bon côté des choses*, l'entend-elle ajouter. *Maintenant, vous avez le lit pour vous seule.* Elle se dit que si elle se redresse, elle va le voir, assis dans le fauteuil à l'autre bout de la chambre, la tête penchée sur la main comme sur la célèbre photo, et ose à peine cligner des yeux.

Le lendemain, plus rien, ni douleur insistante ni fantôme proustien.

Ses parents, donc, se prénomment Annick et Yves. *Annives et Yck*, disait son oncle Jacques, quand elle était petite. Il était le frère farceur et secret d'Annick, et cette manière de les appeler avait toujours amusé Clara, qui l'avait longtemps considérée comme un sommet d'humour et de dérision. Annick et Yves en sourient encore avec tendresse, mais JB, lui, ne trouvait pas ça drôle. *Annives et Yck,* non, vraiment, il ne voyait pas pourquoi ça les faisait rire.

Ce genre d'anecdote lui revient maintenant qu'il est parti comme remonterait un bout de bois qu'elle n'aurait plus de raison de maintenir au fond de l'eau. C'est que, loin d'être insignifiante, elle dit efficacement à quel point, au fond, leurs sensibilités différaient, ne se rencontraient pas.

Chez le libraire, à qui elle commande *La Prisonnière*. Elle n'a pas fini *Sodome et Gomorrhe* mais anticipe.

— Vous lisez toute la *Recherche* ?

Elle l'aime bien, ce libraire. Il lui fait penser à Ned Flanders, le voisin des Simpson, il a le même côté normal, rassurant. Bon, un Flanders français, plus séduisant que l'original, qui tiendrait une librairie où sont affichés des portraits noir et blanc de Beckett, Faulkner et Le Clézio.

— Oui, depuis le début.

— Pour vos études ou… ?

— Non, pour moi. Pour mon plaisir.

Il a une moue admirative.

— Je ne connais pas beaucoup de jeunes qui le lisent pour le plaisir. Forcément, avec tous leurs TikTok, ils ne peuvent plus se concentrer plus de cinq secondes…

Il tapote sur son clavier d'ordinateur, la tête ailleurs.

— C'est sûr que c'est indépassable. D'ailleurs, en termes de littérature, c'est tout le vingtième siècle qui est indépassable. Quand on a Céline, Colette…

Clara sourit, détendue.

— C'est marrant, ces romancières qui se faisaient appeler par leur prénom.

Elle croit entendre quelqu'un se moucher derrière elle. Une femme s'est esclaffée. Une cliente qui attend et dont Clara, si elle se retournait, verrait les lunettes épaisses, la tignasse balai à franges et l'expression gourmande de la personne qui se régale d'avance à l'idée qu'elle racontera ce qu'elle vient d'entendre.

Flanders marque un temps, se penche vers Clara et lui apprend :

— Céline, son prénom c'est Louis-Ferdinand.

Elle se sent alors piquer un fard comme ça n'a pas dû lui arriver depuis le lycée.

— Mais ça n'a aucune importance, s'empresse de dédramatiser le libraire, avant d'annoncer, en regardant son ordinateur comme s'il lui parlait : On vous envoie un petit sms, comme d'habitude, quand on le reçoit ?

Lorraine a trouvé un psy. Marc Vauzelle, à Dijon. Il ne fait pas de feuilles mais adapte son tarif aux ressources de ses patients. Et la première séance est gratuite. Elle a eu lieu hier et, ce matin, Lorraine ne fait qu'en parler. Séduite ? Remuée, plutôt. Et loquace. *Il dit que mes vertiges, c'est un message codé de mon inconscient qu'on va déchiffrer ensemble.* Elle raconte ça à Mme Habib qui, c'est nouveau, ponctue ses phrases de *Mmm* discrets. *Comme je savais pas quoi lui dire, il me fait : Parlez-moi de votre maman. Je lui réponds : Je vois pas en quoi elle serait concernée par mes vertiges. En lui disant ça, je vois le visage de ma mère, la petite tête d'oiseau qu'elle avait à la fin, et là* (elle pose sa main sur l'avant-bras de Mme Habib) *je me mets à pleurer, mais à pleurer, ma pauvre, je m'arrêtais plus !*

Elle n'a jamais autant lu, notamment le soir — il n'est pas rare qu'elle éteigne à deux heures, y compris en semaine. Est-ce parce que ça lui permet d'oublier qu'elle est seule ? Ou, tout simplement, parce qu'elle a plus de temps pour elle ? Toujours est-il que les personnages de ce livre, Françoise, les Guermantes, Charlus, lui deviennent presque aussi familiers que les personnes qu'elle voit tous les jours. Et que, parfois, quand elle est fatiguée et que lui reviennent certaines petites choses, une réflexion mordante, une expression de surprise sur un visage, elle ne sait plus trop si ce sont des souvenirs personnels ou littéraires.

Se peut-il que tout ne soit chez l'homme que mensonge, hypocrisie, médiocrité ? Que la vie ne soit qu'une comédie des apparences à peine plus plaisante qu'un reflux gastrique ? Que rien ne soit jamais à la hauteur du désir qui le précède ? Que le seul salut possible, la seule expérience envisageable de bonheur se trouve dans les œuvres d'art ?

Matinée calme à Cindy Coiffure. Clara vient de raccompagner une cliente et consulte le cahier de rendez-vous. Son prochain est à onze heures moins le quart, elle a un peu de temps devant elle. Elle relève la tête et observe le salon que, depuis la caisse, on embrasse dans presque toute sa longueur. Mme Habib, penchée vers l'un des miroirs de gauche, vérifie qu'elle n'a pas de rouge sur les dents. Nolwenn, entre deux rendez-vous elle aussi, balaie son poste de travail en pensant visiblement à autre chose. Nostalgie diffuse *Il tape sur des bambous* de Philippe Lavil. Ça sent Shalimar, la laque Infinium et le cheveu chaud. Le petit monde de Cindy Coiffure. Clara le voit, l'entend, *l'éprouve* et comprend alors qu'il ne lui suffit plus.

Tomes de la *Recherche* qu'elle a lus jusque-là, par ordre de préférence :

1. *Le Côté de Guermantes*
2. *Du côté de chez Swann*
3. *À l'ombre des jeunes filles en fleurs*
4. *Sodome et Gomorrhe*

Quant aux personnages :

1. Françoise
2. Charlus
3. La grand-mère
4. Swann et la duchesse de Guermantes, ex aequo

Dernières réflexions portées dans son carnet :

Souvent, dans ce livre, les gens ne savent pas qu'on les regarde (Charlus, la duchesse de Guermantes, la grand-mère).

Sublime, quand il parle à sa grand-mère au téléphone (c'est comme lui parler dans l'au-delà).

Livre sensuel et généreux comme un fruit, comme une pêche.

Et ces citations :

Les traits de notre visage ne sont guère que des gestes devenus, par l'habitude, définitifs.

La vérité n'a pas besoin d'être dite pour être manifestée […] on peut peut-être la recueillir plus sûrement sans attendre les paroles et sans tenir même aucun compte d'elles, dans mille signes extérieurs, même dans certains phénomènes invisibles, analogues dans le monde des caractères à ce que sont, dans la nature physique, les changements atmosphériques.

Le trottoir encore mouillé, changé par la lumière en laque d'or.

La réminiscence survient quand on ne s'y attend pas. D'ailleurs, c'est dans le nom, on parle d'épisodes de *mémoire involontaire*. Le premier, elle l'a vécu en entendant la tondeuse en cours de SVT, expérience dont elle s'est souvenue dans le bus, il y a quelques mois, après avoir lu le passage sur la petite madeleine dans *Du côté de chez Swann*. Le second lui tombe dessus chez Marionnaud, où elle est venue acheter Gentleman de Givenchy pour son père dont c'est l'anniversaire et alors qu'Habit rouge, vaporisé à côté d'elle, vient lui titiller les narines. Or, Habit rouge est l'eau de toilette que, sur les conseils d'une vendeuse qui lui avait fait l'article de ce *classique intemporel*, Clara a offerte à JB au premier Noël qu'ils ont passé ensemble. En une milliseconde, la voilà renvoyée à cette période si particulière, si *définie* de sa vie. Tout lui revient. L'explosion sexuelle que ç'a été (ils faisaient l'amour partout, dans le train, à la piscine), le bonheur que lui procurait d'explorer le corps de son Flynn Rider (son visage faisait comme ça, ses hanches comme ça), le goût de fer que leurs baisers finissaient par avoir, la fierté de marcher avec lui dans la rue, de le présenter à ses amis, ses parents, mais aussi, presque plus troublantes, la sensation de journées froides et sans nuages, celle de fêtes de fin d'année approchant, une impression générale de plaisir, de lumière, de confiance — avec cette jeunesse-là, ces têtes-là, leur vie ne pourrait être qu'une éclatante réussite.

Un plaisir intense doublé d'une douleur, ou plutôt, une douleur comprise dans un plaisir. Elle ferme les yeux pour approfondir ce qu'elle ressent, devinant que c'est le moyen de s'en débarrasser. Des pensées conscientes accompagnent cet effort, notamment celle qu'elle a certainement été plus amoureuse de JB et plus marquée par son départ qu'elle ne veut l'admettre. Et c'est sa sœur, venue avec elle, qui met un terme à l'expérience :

— Ils sont en rupture de Gentleman. On doit revenir mardi. Chuis dég.

Dans le bus, entre Palais-de-Justice et République, elle se marre toute seule en repensant à la duchesse de Guermantes disant d'un jeune homme qu'il a l'air d'un tapir.

Elle est en train de sécher les cheveux de Mme Fabre quand Mme Habib vient la trouver et lui glisse à l'oreille avec plus de précaution que si elle lui confiait son code de carte bleue :

— Téléphone pour vous. Claudie Hansen.

Clara éteint le séchoir.

— Elle veut changer la date de son rendez-vous ?

Jacqueline se laisse surprendre par un petit rot qu'elle évacue dans un *pff* discret, ce qui la fait répondre à Clara avec un décalage.

— Je ne crois pas, elle n'aurait pas besoin de vous parler pour ça.

La journée a été chargée, pas exempte de contrariétés. Clara se traîne jusqu'à la caisse et s'empare du combiné en se demandant ce qui va encore lui tomber dessus.

— Bonjour, Claudie.

— Ah, Clara, pardon de te déranger, tu dois être très occupée...

Cette voix à la fois grave et fragile. L'entendre, un jour

comme aujourd'hui, c'est comme reconnaître un visage familier dans une foule.

— Je t'appelle parce que j'ai eu une idée. Je sais qu'on a rendez-vous la semaine prochaine mais ça ne peut pas attendre. Ça m'est venu hier soir et j'arrête pas d'y penser, j'en ai même parlé à Michèle, qui est bien de mon avis. Bref, j'arrête de tourner autour du pot. Je crois qu'il faudrait que tu lises Proust.

Ça va faire neuf mois qu'elle lit Proust, c'est pour ça que Claudie l'a invitée chez elle, elles en ont parlé tout un après-midi et même pendant le dîner. Elle se dit qu'elle perd la tête, que son traitement hormonal a de sérieux effets sur sa mémoire, quand elle l'entend préciser :

— Le lire *aux autres*. À voix haute. Hier soir, en rangeant mes CD, je t'ai réentendue lire le résumé de celui qu'on a écouté chez moi. Tu te souviens ? Quand tu es venue ici, je t'ai tendu le CD et tu as lu les premières phrases du résumé… Ta voix, Clara, c'est la même douceur, la même délicatesse que ce texte. Ta voix, c'est comme le parfum de l'aubépine.

Ces mots, dans ce contexte. Son esprit est incapable de fonctionner, elle ne trouve que des banalités à répondre, *C'est gentil* et encore *C'est gentil* puis *Bon après-midi*, et l'appel s'arrête là.

En posant le combiné sur son socle, elle sent en elle une vibration qui ne faiblira pas. Elle retourne à son poste de travail, où Mme Habib est venue tenir compagnie à Mme Fabre, mais elle ne s'arrête pas, dépasse les deux femmes, se réfugie dans l'arrière-boutique et, de là, dans la cour derrière le salon. Ciel blanc, électrique, elle grimace, s'accroupit et se met à pleurer. Tout sort, qui a besoin de sortir. Le départ de JB et l'humiliation chez le libraire, Isabelle Audoin et Mme Bach, les journées de plus en plus pénibles au salon, ce grand livre qui remet tout en question, et maintenant cette idée qu'elle doit le lire aux gens. Et il y a autre chose. Tous ces contemporains de Proust, ces anonymes de 1900-1910, elle les regarde ces derniers temps sur YouTube, avec leurs ombrelles et leurs hauts-de-forme, elle les voit se hâter avenue de l'Opéra ou devant Notre-Dame et elle ressent pour eux une immense compassion parce qu'il lui semble savoir ce qu'ils ne savent pas encore, qui est que rien ne dure, que toute vie s'oublie et son souvenir s'efface aussi facilement qu'un dessin sur une vitre embuée.

Il faudrait qu'elle s'arrête, elle ne va jamais pouvoir retourner travailler mais c'est fou, plus elle pleure plus elle ressent le besoin de pleurer et, en plus, elle gémit maintenant comme un petit animal, elle s'en rend compte alors que la porte s'ouvre et que Mme Habib se montre, s'agenouille et la prend dans ses bras en disant :

— Ça va aller, ma belle... ça va aller.

III

CLARA

— … *Et avec cette muflerie intermittente qui reparaissait chez lui dès qu'il n'était plus malheureux et que baissait du même coup le niveau de sa moralité, il s'écria en lui-même : « Dire que j'ai gâché des années de ma vie, que j'ai voulu mourir, que j'ai eu mon plus grand amour, pour une femme qui ne me plaisait pas, qui n'était pas mon genre ! »*

Elle referme le livre, se racle la gorge et attend sans oser regarder Mme Renaud.

Ça s'est mal passé. Elle a dit *contrôler* au lieu de *consoler*, ce qui a privé de sens la phrase en question, et dans la dernière partie, elle a carrément sauté une ligne (ce texte est tellement touffu, il faut dire). Elle s'est excusée avant de se reprendre et de lire la fin sans rien éprouver, en prononçant les mots comme ils se présentaient devant ses yeux.

Mme Renaud a l'air contrariée. Forcément. Elle regarde dans le vide en faisant des petits mouvements de lèvres qui ne s'accompagnent d'aucun son. Claudie l'a présentée à Clara comme *une vieille amie, fan de Proust, qui voudrait entendre la fin d'« Un amour de Swann »*. Elle aurait dû ajouter *et qui saura te mettre mal à l'aise si ça se passe mal.*

— Vous êtes garée où ? finit-elle par demander.

— Je suis à pied.

— Vous habitez dans le coin ?

Elle évite de commenter la lecture qui vient de lui être faite et elle a raison. Clara joue le jeu.

— Non, j'habite aux Chavannes. Je suis venue directement du salon qui est derrière la place de la Libération.

— Je vois. Et pour rentrer chez vous ?

— Du salon, je prends le bus. Le 3.

— Ah oui, le 3.

— Il est direct, j'ai de la chance.

— Oui, c'est pratique.

Elles ont fait le tour de la question et il n'y en a pas d'autre. La vieille dame quitte son fauteuil en se cramponnant aux accoudoirs et, sans rien dire, elles s'engagent dans le couloir à l'odeur d'hôpital. En chemin, Clara aperçoit, dans le séjour, sur un napperon de dentelle blanche lui-même posé sur un meuble laqué, la photo d'un pape dans un cadre argenté. Arrivée à la porte, elle ravale son envie de pleurer.

— Alors, au revoir.

— Oui, à demain.

— Pardon ?

— J'ai dit *À demain.*

— Pour... lire ?

— Bah oui. On avait parlé de deux séances avec Claudie. *Un amour de Swann* et la mort de la grand-mère. Elle ne vous a pas dit ?

— Si, mais ma lecture ne... Vous avez apprécié ?
— Bien sûr. Je ne vous proposerais pas de revenir sinon.
— Je me suis trompée à un moment.
— Ah, peut-être, je n'ai pas fait attention. Vous avez un joli timbre qui prend au grave et à l'aigu, très agréable à l'écoute. Et vous vous mettez en retrait, vous ne surjouez pas, c'est appréciable. La dernière que j'ai essayée, elle lisait Proust comme du Barillet et Grédy, ce n'était pas possible... Demain, sept heures trente, comme ce soir ?
— Entendu.
Mme Renaud lui prend le bras.
— Je garde ma petite-fille demain après-midi, ma fille la dépose après le déjeuner. La petite a quatre ans, elle saute dans tous les sens, dessine partout. Je l'aime bien mais, tout l'après-midi, c'est beaucoup trop long. Ça me donnera du courage si je sais que vous venez après.

En sortant de là, elle se passe et se repasse une chanson entendue au salon. Cette fois, elle n'oublie pas. *Don't stop me now* de Queen dans les oreilles, en traversant en diagonale la place de la Libération puis dans la vieille ville, en passant devant la cathédrale.

I'm gonna go, go, go
There's no stopping me

Le secret, c'est la lenteur. Elle permet de limiter les risques de bafouillement, de basculement en lecture automatique et, surtout, autorise la personne qui écoute à goûter toute la saveur du texte.

Prenons la phrase *Le marquis de Palancy, le cou tendu, la figure oblique, son gros œil rond collé contre le verre du monocle, se déplaçait lentement dans l'ombre transparente et paraissait ne pas plus voir le public de l'orchestre qu'un poisson qui passe, ignorant la foule des visiteurs curieux, derrière la cloison vitrée d'un aquarium.* En l'écoutant, même lue trop vite, il y a peu de chances de passer à côté de l'image du poisson dans son aquarium. Mais si le lecteur ne donne pas le temps de les entendre, il est probable en revanche qu'on loupera *le cou tendu, la figure oblique* ou *l'ombre transparente*, ce qui serait dommage.

Les virgules indiquées par Proust donnent l'impression d'avoir été placées au hasard, elles sont inadaptées à la lecture à haute voix de phrases aussi longues. Aussi Clara a-t-elle l'idée de porter, dans les passages qu'elle s'apprête à lire, des indications qui n'ont de signification que pour elle :

/, entre certains mots, pour marquer une pause.

//, entre certaines phrases, pour s'arrêter plus longtemps afin de reprendre son souffle et de donner le temps à la personne qui écoute de comprendre ce qu'elle vient d'entendre (ne pas craindre les pauses : un silence paraît toujours plus long à celui qui lit qu'à celui qui écoute).

D'autres signes viennent bientôt garnir les pages de ses livres :

>> en marge d'un passage, signifie qu'elle peut accélérer sans risque de bafouiller (dans le cas d'une énumération ou d'un dialogue, par exemple).

~ entre deux mots, au-dessous, signale qu'elle peut faire la liaison. Les fausses liaisons sont le piège dans lequel on tombe le plus facilement lorsqu'on lit.

Ces marques sont un peu comme celles laissées le long des sentiers de randonnée, indispensables à ceux qui les découvrent mais pas au guide expérimenté qui ne les voit même plus. Elles lui sont utiles pendant la préparation mais plus par la suite quand, après avoir lu et relu le texte pour se l'approprier, elle a mémorisé le rythme et les intonations qu'elle veut lui donner. Elle peut alors, pendant sa lecture, se consacrer à l'essentiel : n'être qu'aux mots. Car c'est bien le plus difficile : être *dans* le texte et y rester de la première à la dernière syllabe, au point que la sonnerie d'un portable, les pleurs d'un bébé ou même l'explosion d'une cocotte-minute dans la pièce d'à côté ne sauraient perturber la lecture. Yoga.

Ça faisait un moment qu'on n'avait pas vu Mme de Lamballe au salon et pour cause, elle a eu un AVC. Ce matin, elle a fait son retour. Mme Habib l'a couvée, Nolwenn l'a coiffée. Sa démarche est un peu hésitante, une moitié de son visage est moins souple que l'autre et puis elle n'emploie plus de verbes, ne s'exprime plus que par concepts et onomatopées. *Ma fille tête en l'air, ses tennis dans l'escalier, mon gendre patatra, la nuit aux urgences.* Ou *Lisbonne, la brandade de morue, les petits flancs à la crème, ouillouillouille la balance !* Ça donne incontestablement un petit côté débile à ses interventions mais ça les fait aussi ressembler à des haïkus dont on perçoit aisément le sens. D'ailleurs, après son départ, personne ne fait de commentaire. Mme Habib par correction, Nolwenn parce qu'elle est passée à autre chose. Quant à Clara, elle imagine ce que le handicap de cette pauvre Mme de Lamballe aurait inspiré à Proust... Une baronne, avec ça.

Un que le départ de JB a radicalement transformé, c'est le chat. Il l'a d'abord cherché, l'air encore plus ahuri que d'habitude, il allait dans la chambre explorer son côté de lit comme s'il venait de débarquer sur Mars ou observait la patère où JB suspendait son sac de sport sans comprendre pourquoi elle était vide. Et, un soir, en rentrant, Clara l'a trouvé sur le canapé (réservé jusque-là aux humains), ronronnant (fait tout aussi inédit), les yeux plissés de contentement, la queue battant doucement. Il avait pris acte que JB ne reviendrait pas, qu'il n'y aurait désormais plus que Clara et lui — et, apparemment, ça lui allait.

NOM :

Poitrenaud

PRÉNOM :

Clara

DATE ET LIEU DE NAISSANCE :

le 29 mars 1997 à Dole

TITRE DU PROJET :

Lecture d'extraits d'« À la recherche du temps perdu » de Marcel Proust

DISCIPLINE *(rayer les mentions inutiles)* :

~~*Théâtre*~~ ~~*Musique*~~ ~~*Danse*~~ ~~*Arts du cirque*~~ ~~*Installation plastique*~~ ~~*Installation sonore*~~ ~~*Installation numérique*~~

AUTRE *(préciser)* :

Lecture

— Dix jours ?

— Vous trouvez que ça fait trop ?

— C'est-à-dire que Patrick sera absent aux mêmes dates.

— Seulement la première semaine.

— C'est vrai, mais je ne l'ai que le samedi, Patrick.

— Vous aurez Nolwenn. Les dix jours.

— D'accord, mais ça n'empêche que certaines clientes risquent d'aller voir ailleurs. J'ai pas envie de faire les affaires de Mariella Brunella.

— Fin juillet, y a quand même moins de monde.

— Ça reste à voir... Mais vous avez vraiment besoin de tout ce temps ? Il ne dure que quatre jours, le festival.

— Oui, mais je dois me préparer. C'est ce que je voudrais faire les premiers jours. Répéter, chez moi.

— Le soir, après le salon, ce n'est pas possible ?

— Non, je suis claquée. Et, en plus, je vais lire chez une dame, trois fois par semaine.

— Claudie Hansen ?

— Non, une de ses amies. Enfin, une amie de sa mère.

Mme Renaud, qui habite avenue de Paris. Au début, je devais y aller qu'une fois, elle a voulu que je revienne et, maintenant, j'y vais trois fois par semaine.

— Pour lire ?

— Oui, lui lire Proust. C'est sa passion.

— Remarquez, ça vous fait un entraînement.

— Pour ?

— Le festival.

— Ah oui. Même si ce sera différent.

— Vous avez le trac ?

— Non. Enfin, je sais pas, je me pose pas la question.

— Ça me rappelle quand j'étais jeune, avec ma sœur, on a été hôtesses d'accueil deux ou trois fois, au salon de l'auto ou de l'aéronautique. Notre cheffe nous disait de montrer nos jambes. Chaque fois qu'elle passait près de nous, elle relevait nos jupes d'un petit coup sec. J'avais vu Gilbert Bécaud. Le chanteur. Il m'avait signé un autographe sur un Kleenex, c'est tout ce que j'avais sur moi. Le feutre avait bavé, l'autographe était illisible... Je ne sais pas pourquoi je vous raconte tout ça, ça n'a aucun rapport.

— Non... Alors, c'est d'accord, je peux prendre deux semaines en juillet ?

— Mais oui, Clara, prenez vos deux semaines en juillet pour lire Marcel Proust. On se débrouillera.

Lorraine débarque maintenant au salon avec un livre, en plus de ses cafés. *Cinq leçons sur la psychanalyse* de Sigmund Freud, dont Vauzelle lui a recommandé la lecture. Après avoir échangé les nouvelles d'usage avec Mme Habib, elle se cale sur le tabouret et se plonge dans son livre en s'arrangeant pour que toute personne présente puisse en voir le titre et le nom de l'auteur. On a donc deux lectrices à Cindy Coiffure, l'une de Proust, l'autre de Freud, ce qui est à la fois très classe et assez déconcertant.

Clara a aussi remarqué que Lorraine, qui est une femme coquette, l'est particulièrement les jours où elle voit son psy (robe échancrée plutôt que le chino habituel, veste en jean bleu givre, celle qui fait le mieux ressortir sa blondeur) et qu'elle n'évoque plus du tout, mais alors plus du tout, l'éventualité de se pendre.

C'est un samedi, à l'ouverture. Deux clientes attendent déjà, il faut faire vite. Dans la cour, derrière le salon, les yeux encore gonflés de sommeil, Patrick prévient Clara :

— Sois pas surprise, hein.

Il cale sa cigarette au coin de ses lèvres et déroule l'affiche qu'elle découvre, une main devant la bouche.

C'est un dessin en noir et blanc qui produit visuellement l'impression d'un ongle rayant un tableau. Une jeune fille aux traits d'héroïne de manga et au décolleté plongeant a l'air de faire un clin d'œil, à moins que ce ne soit un défaut dans le dessin de son visage. En dessous, à gauche, un profil en ombre chinoise, probablement celui de Proust, fait penser à Jack l'Éventreur ou un criminel du même genre. Tout en haut, à droite, dans une typo évoquant l'univers de *Game of Thrones* plus que celui de la *Recherche* : *Clara lit Proust.*

Inutile de dire que, même si elle connaît le style des dessins de Patrick, elle avait autre chose en tête. Il le sait et précise, comme s'il avait signé *Le Serment des Horaces* :

— Je me suis dit que ceux qui connaissent Proust

allaient venir de toute façon, et que ceux qu'il fallait attirer, c'est les jeunes. C'est pour ça, le côté manga. J'ai voulu dépoussiérer Proust, effacer son côté chochotte.

— C'est sûr, c'est pas du tout chochotte.

— Mais ça te plaît ?

Elle croise les bras sous sa poitrine.

— J'aime bien le titre, fait-elle, en le montrant.

— Ouais, tu m'avais dit de mettre je sais plus quoi...

— *Lectures d'extraits de « La Recherche du temps perdu » de Marcel Proust.*

— Voilà, mais c'était trop long. *Clara lit Proust*, c'est mieux. Enfin, je trouve. Ça se retient.

— C'est clair.

Il se frotte un œil irrité par la fumée de cigarette et dit :

— Ça va te porter chance, tu vas voir.

— Merci beaucoup.

Elle pense ajouter *vraiment* mais se retient.

— Qu'est-ce que vous foutez ? Tout le monde vous attend.

Nolwenn a passé une tête dans la cour.

— C'est quoi ? fait-elle en parlant de l'affiche.

Patrick, qui venait de l'enrouler, la déroule. Nolwenn s'avance pour mieux la voir. Ses yeux font un aller-retour vers Patrick, un aller-retour rapide de façon à quitter le dessin le moins longtemps possible.

— C'est toi qu'as fait ça ?

— Oui, pourquoi ? Tu kiffes ?

Elle déglutit.

— Attends, tellement.

Faut que je vous dise que ça sort pas de nulle part, Bernard et moi. C'est un homme qui m'a toujours plu, il m'a même tourné autour quand on était jeunes. Seulement, j'étais déjà avec René, je suis tombée enceinte, on a dû se marier, bref, il s'est rien passé. Mais il m'est pas sorti de la tête pour autant. Pendant toutes ces années, je ressentais un plaisir disproportionné quand je passais à sa boucherie. Ce que je préférais, c'était le samedi matin, quand y avait la queue, parce que ça me permettait de le regarder plus longtemps. Je voyais son nez bien dessiné, ses ongles bien coupés, ses cheveux qui bouclent un peu vers la fin et ça me faisait comme une chaleur dans le ventre. Résultat, j'ai acheté beaucoup de viande. Tellement que je me demande si c'est pas à cause de ça que tout le monde est diabétique dans la famille (la bidoche à tous les repas, je suis pas sûre que ce soit très bon comme régime). Faut aussi que je vous dise que Bernard est libre. Il est célibataire depuis que sa femme est partie avec une autre femme, y a une quinzaine d'années. Elles ont d'abord vécu à Dijon puis elles sont parties dans les îles, je sais plus où, ç'a été une drôle d'histoire, ça aussi. Et donc voilà que je lui demande de passer une nuit avec lui. Dans mon esprit, c'était histoire de pouvoir dire à René : T'as trempé ta nouille, eh ben moi aussi j'ai pris du bon temps (pardon, Jacqueline, pour le vocabulaire mais je dis comme ça me vient). Sauf que les choses se passent jamais comme on a prévu. Bernard me dit oui (oh, ça, je suis pas trop surprise, je connais pas un homme à qui on ferait ce genre de proposition qui dirait non et puis, à soixante-sept ans, je suis encore pas trop vilaine). Non, la surprise, c'est que ça se passe aussi bien. Déjà, le repas est délicieux, on mange dans un restaurant à Crissey, je prends une canette aux airelles et Bernard un carré d'agneau. On se régale vraiment, puis on passe la nuit dans une chambre d'hôte à côté. Là, on fait pas d'acrobaties mais c'est encore mieux. On s'allonge sur le lit et on se met à parler. Bernard m'écoute en passant sa main sur mon dos, la fenêtre est ouverte et on entend les oiseaux toute la nuit. Quelquefois je dors un bout et je suis réveillée par ses baisers dans mon cou ou sur mon front. J'ouvre les yeux, je le vois qui me regarde et qui me dit qu'il est bien, qu'est-ce que vous voulez de plus ? Après ça, rentrer chez moi pour dire à l'autre qu'il peut revenir à la maison me fait ni chaud ni froid. René peut revenir, partir, épouser sa Chinoise si ça lui chante, je m'en fous comme de ma première chemise. Je fais que penser à Bernard, à sa bouche, à sa peau, j'attends les petits messages qu'il m'envoie de la boucherie dans la journée, je calcule le temps qui me sépare de notre prochain rendez-vous. Oui, parce qu'on a prévu de se revoir samedi. Deux jours, cette fois, qu'on va passer au lac des Settons. C'est d'ailleurs pour ça que je suis venue. J'ai apporté une photo que j'ai trouvée je sais plus où, je me demandais si ce serait possible d'avoir la même chose. Les cheveux un peu éclaircis, voyez, attachés derrière et qui en même temps reviennent un peu sur le devant. Je me disais que Patrick ou même Clara devrait pouvoir me faire ça.

Le lieu n'est pas défini, ou plutôt il change, se transforme. Ça commence dans le passage où est situé Cindy Coiffure, ça continue dans le hall d'un immeuble dont les étages disparaissent brusquement pour laisser place à un ciel étoilé.

Le libraire qui ressemble à Flanders lui demande quel est le prénom du baron de Charlus. *Palamède !* répond-elle illico, avant d'ajouter dans un excès de zèle : *Qu'on surnomme Mémé !* L'autre approuve et continue :

— Plus difficile, maintenant. Qui, dans la *Recherche*, se prénomme Bathilde ?

— La grand-mère !

— Impressionnant !

Sans transition (peut-être parce qu'elle a bien répondu), Clara se retrouve dans l'espace infini où elle avance parmi les cailloux et autres résidus d'étoiles argentés. Une silhouette se signale au loin, une silhouette égarée comme elle, c'est un homme qui se rapproche, c'est Proust. Leurs corps s'encastrent en douceur et tournoient lentement dans le vide sidéral. Très vite, ils sont nus, la moindre parcelle de sa peau est en contact avec celle, lisse, de l'écrivain, c'est un délice indicible. À chaque mouvement de son bassin, frottement de ses jambes, pression de ses mains, ils franchissent un degré vers l'extase. Cette gradation se double d'une mélodie qui se fait entendre de plus en plus, ce n'est pas vraiment une mélodie, seulement trois notes que produirait une cuillère tintant sur des verres remplis d'eau, c'est un portable, son portable qui la réveille, il est sept heures, ce 21 juillet, premier jour du festival.

En tendant la main pour attraper le téléphone, et même une fois qu'elle en a désactivé l'alarme, elle se dit qu'il est quand même étonnant qu'outre son génie littéraire on ne mentionne jamais le fait que Proust était un amant absolument exceptionnel.

Premier jour (mercredi)

Elle retrouve son emplacement, rue des Tonneliers, devant la vitrine peinte en blanc d'une ancienne bijouterie. Elle y est déjà venue, il y a dix jours, avec la responsable du festival off. Elle scotche son affiche sur un panneau de sens interdit et, au-dessous, agrafe une feuille annonçant ses lectures :

11 h : Swann se guérit d'Odette
15 h : Le Voyage en train et la marchande de café au lait
18 h : La Sonate de Vinteuil

Elle s'assied tout près, sur un tabouret en rotin face à trois tapis disposés en demi-cercle qu'Anaïs l'a aidée à transporter dans sa Saxo, et elle attend. Elle attend mais personne ne vient. *Pas un clampin*, dirait Mme Habib. Il est onze heures moins vingt, moins douze, moins trois, et elle ne s'est jamais sentie aussi seule.

De l'autre côté de la grande rue, des mômes du Creusot

font du breakdance et ils ont quoi, cinq ou six spectateurs. Ce n'est pas énorme et pourtant elle serait tellement heureuse si cinq ou six personnes étaient assises en face d'elle. Seulement, les gens passent dans la rue et qu'ils soient seuls, en couple ou en famille, leurs yeux font tous le même trajet. Ils regardent l'affiche, le programme puis Clara, et quand ils la voient, il est déjà trop tard, leur décision est prise : ça ne les intéresse pas. Leur expression désolée le dit. *On est sûrs que tu lis bien et on apprécie l'effort mais « Swann se guérit d'Odette », c'est juste pas possible.* Cette jeune femme passionnée qui lit Proust au festival de rue, ils trouvent ça charmant mais ça ne les concerne pas, ça ne déclenche rien en eux, ils préfèrent s'arrêter devant les breakdancers parce que tourner sur soi-même comme ça, faut le faire, ou acheter une glace au salon de thé près de la cathédrale, même si le temps est incertain, parce que les glaces, qu'est-ce que c'est bon.

Il est onze heures cinq, elle ne va pas se mettre à lire toute seule, à haute voix pour personne, ce serait pathétique. Alors, pour se donner une contenance, elle parcourt ses textes qu'elle connaît pratiquement par cœur, en forçant un demi-sourire au cas où on la regarderait. Comment a-t-elle pu penser que ça marcherait ? Il faut faire des choses normales dans la vie. Coiffeuse, c'est bien, ça occupe cinq jours sur sept, on reçoit un salaire à la fin du mois et, le mois d'après, on recommence. Ça a un sens, une signification pour la coiffeuse comme pour la cliente, alors que s'installer dans la rue en espérant que les gens viendront s'asseoir sur des tapis pour écouter des extraits d'*À la recherche du temps perdu*, ça ne correspond à rien dans le monde d'aujourd'hui, on n'en tire rien de visible, rien d'instagrammable, contrairement au breakdance ou à deux boules de glace à la vanille de Madagascar joliment présentées dans leur pot.

Onze heures onze. Personne. Ça suffit, l'humiliation. Elle attrape son sac, va demander au marchand de pâtisseries orientales, sur le trottoir d'en face, de surveiller ses affaires, et elle remonte la rue.

Dans la librairie qui, par le plus grand des hasards, se trouve à vingt mètres de l'endroit où elle lit, elle aperçoit Flanders, sourcils froncés devant l'écran de son ordinateur. Un peu plus loin, des acteurs jouent une pièce comique aux fenêtres d'un immeuble, ils se montrent au rez-de-chaussée et au premier étage à tour de rôle, le temps de dire leur réplique. Elle s'arrête, les observe en souriant pour la première fois de la journée. Ils lui font du bien parce qu'ils sont drôles et aussi parce qu'ils ne jouent que pour une personne en plus d'elle et que ça ne les empêche pas d'avoir l'air heureux. Ce n'est pas vraiment une pièce, plutôt une suite de sketchs assez courts. À la fin de l'un d'eux, elle applaudit et poursuit son chemin vers la Saône.

Rue Saint-Georges, un garçon assis contre un mur joue d'un instrument comme elle n'en a jamais vu. Une sorte de petite soucoupe volante en métal pourvue de creux qui, frappés, produisent chacun leur propre note. Il en tire une mélodie aux consonances hawaïennes, délicate, presque envoûtante, et pourtant, devant lui aussi, les gens ne font que passer. Elle s'arrête, l'écoute, le regarde. L'expression appliquée de son visage, ses mains longues et précises, et même ses orteils tout sages dans ses sandales ont sur elle un effet apaisant, sensuel. Son rêve du petit matin lui revient, elle se rappelle son corps imbriqué dans celui de

Proust, la sensation de sa peau lisse, et réalise que ça commence à dater depuis qu'elle a fait l'amour. Le musicien doit sentir qu'il se passe quelque chose de cet ordre puisque, tout en continuant à jouer, il lève les yeux et lui sourit. Elle se dérobe, s'éloigne, tombe sur un Arlequin perché sur des échasses, superbe. Masque noir orné de plumes blanches, costume aux couleurs de papillotes de Noël. Il se penche vers elle quand elle le dépasse et se met à la suivre. Elle accélère le pas, il la laisse partir, l'air désolé.

Elle aime cette ambiance un peu folle, créative, voilà ce qu'elle se dit en arrivant sur les quais. Ce festival, elle est sans doute faite pour le vivre comme spectatrice plus que comme artiste. Il y a eu une erreur d'aiguillage, de casting. Elle appellera la responsable du off pour lui demander s'il est possible d'arrêter, de ne pas venir cet après-midi. Avec zéro spectateur à sa première lecture, l'autre comprendra certainement.

Elle s'assied sur un banc, le long de la Saône. Ses yeux se posent sur la rive en face d'elle puis sur un couple de joggeurs arrivant sur sa droite, un homme et une femme courant côte à côte et qu'elle reconnaît tout de suite. JB et Isabelle Audoin. Elle attrape aussitôt son sac et y plonge la tête comme si elle y cherchait quelque chose… Alors qu'ils passent devant elle dans leurs tenues noires et moulantes, elle ne peut pas se retenir, se redresse un peu. Tout à leurs petites foulées, ils ne font pas attention à elle qui, en revanche, remarque deux choses. La première, c'est que JB a grossi. Oh, juste un peu mais suffisamment pour que ça se voie, entre les hanches et le haut des cuisses. Ce n'est pas très beau. La seconde, c'est que la fille qui l'accompagne n'est pas du tout Isabelle Audoin. C'est une blonde à queue de cheval remarquablement maigre sauf des seins et des fesses. Rien à voir avec l'adorable prof au lycée viticole de Beaune qui, sans avoir rien demandé, s'est vu attribuer par Clara la responsabilité de l'échec de son couple. La vie, parfois, fait des blagues.

Elle déjeune de sushis secs puis, en retournant rue des Tonneliers, appelle la responsable du off qui lui dit que non, elle ne peut pas arrêter le premier jour, que ce ne serait pas correct vis-à-vis du comité qui l'a sélectionnée, que lire Proust, c'est vrai, c'est moins fédérateur que le breakdance mais que ça la distingue, la fait sortir du lot, qu'elle en parlait justement à une amie pigiste au *Journal de Saône-et-Loire*, qu'elle lui disait *Tu devrais parler de cette fille qui lit Proust* et que cette amie a répondu qu'elle essaiera de faire passer quelque chose dans l'édition de samedi, ce qui serait idéal puisque le festival ne décolle vraiment que le week-end...

Quelqu'un est assis sur les tapis.

Il est quatorze heures cinquante-sept, ça ne peut pas être un hasard, quelqu'un qui s'est assis parce qu'il en avait marre de marcher. Non, ça se voit, il attend la lectrice, le début de la lecture.

Ils se saluent poliment. Elle s'installe, réalise qu'elle a le trac, se souvient d'une question que Mme Habib lui a posée à ce sujet. C'est quand même sa première lecture publique. De son sac, elle sort son livre et sa petite bouteille d'eau, boit, s'éclaircit la voix et s'adresse à son unique spectateur :

— Je vais donc lire un extrait d'*À l'ombre des jeunes filles en fleurs*. C'est un passage que j'aime beaucoup.

On est dans le train avec le héros et sa grand-mère qui se rendent à Balbec, sur la côte normande.

L'autre, un sexagénaire menu et bronzé qui doit faire du vélo, acquiesce et, au lieu d'écouter, lui demande :

— Vous aimez Fabrice Luchini ?

Elle ne comprend pas l'intérêt de cette question mais répond oui tout en plaçant son index devant sa bouche pour l'inviter à se taire. Elle ouvre son livre puis ferme brièvement les yeux, histoire de faire le vide dans son esprit, de n'être que là, à cet endroit, en cet instant, et se lance :

— *Les levers de soleil sont un accompagnement des longs voyages en chemin de fer, comme les œufs durs, les journaux illustrés, les jeux de cartes...*

Entendre sa voix de lectrice lui donne l'impression de retrouver une amie très chère. Une chaleur se diffuse en elle, une force, le sentiment que, quand elle lit aux autres, à haute voix, rien de grave ne peut lui arriver. Elle est faite pour ça, pour faire entendre la musique des mots, il ne faut plus qu'elle en doute.

— ... *Le paysage devint accidenté, abrupt, le train s'arrêta à une petite gare entre deux montagnes...*

(Une jeune marchande aux joues roses va apparaître et proposer du café au lait aux passagers du train. À sa vue, Marcel éprouvera le goût de la beauté et celui du bonheur, au point d'imaginer le plaisir qu'il aurait à vivre auprès d'elle, à la suivre dans ses activités quotidiennes. Clara adore cette évocation lumineuse dont celui qui la lit ne sait pas trop si elle relate un rêve ou un souvenir.)

— ... *Au-dessus de son corps très grand, le teint de sa*

figure était si doré et si rose qu'elle avait l'air d'être vue à travers un vitrail illuminé.

Deux petits traits penchés l'invitent à marquer une pause. Elle lève les yeux pour juger de l'effet de sa lecture sur son spectateur mais il a disparu. Quand ? Elle l'ignore, elle pourrait aussi bien lire pour personne depuis deux minutes. Enfin, pas tout à fait personne puisque le marchand de pâtisseries orientales se tient sur son pas de porte, les bras croisés sur le tablier couvrant son ventre gonflé. Il lui adresse un signe du menton avant de retourner à l'intérieur et elle passe un moment, son livre sur les cuisses, les épaules relâchées, sans pensée précise…

— Ça va ?

Une fille qui passait dans la rue s'arrête à sa hauteur.

— Bof.

— T'as l'air toute…

— J'ai personne. Y avait quelqu'un mais…

Elle n'a pas le courage de continuer.

L'autre vient s'asseoir en face d'elle, sur les tapis. C'est une petite brune avec de beaux yeux de biche et un menton en galoche. Elle porte un débardeur kaki et exhale une légère odeur de sueur.

— Le premier jour, c'est toujours mou. Les gens osent pas s'arrêter. Ils repèrent ce qui les intéresse en prévoyant de revenir. D'ailleurs, nous, on joue pas aujourd'hui. On commence demain. Mais, même demain, ce sera mou. Ça décollera vendredi.

— Tu joues dans une pièce ?

— Oui. Au Port-Nord, avec une troupe. *Joyeux Noël et bonne apocalypse*, ça s'appelle. T'as peut-être vu les affiches. C'est moins une pièce qu'un parcours. On invite le public à déambuler dans ce qui sera selon nous le monde post-apocalyptique.

— Waow.

— Je m'appelle Mathilde.

— Clara.

Elles se serrent la main.

— Clara qui lit Proust…

— Oui, enfin, pas trop ce matin.

— Ça va changer, dit Mathilde en attrapant *À l'ombre des jeunes filles en fleurs*, qu'elle feuillette avant de commenter : Proust, j'ai jamais osé. C'est comme Dostoïevski, les types comme ça. Ils m'impressionnent, en fait.

— Faut pas.

— C'est pas… *lourd* ?

— C'est léger, au contraire. Enfin, je trouve. Moi, je plane avec lui.

Mathilde trouve un passage au hasard, le lit pour elle-même avant de le faire à voix haute et en détachant bien les syllabes :

— *Un chagrin causé par une personne qu'on aime peut être amer, même quand il est inséré au milieu de préoccupations, d'occupations, de joies, qui n'ont pas cet être pour objet et desquelles notre attention ne se détourne que de temps en temps pour revenir à lui…* C'est philo, en fait.

Clara sourit.

— Tu trouves pas que ça fait du bien ?

— Je sais pas, faut que je réfléchisse, s'amuse Mathilde.

Elle lui rend le livre puis un silence se fait pendant lequel Clara observe la façade de l'immeuble d'en face, et particulièrement une cheminée, tout en haut, que le soleil tout juste apparu colore d'un jaune incandescent.

— Viens.

Mathilde, dressée sur ses jambes, lui tend la main.

— Je t'enlève.

— On va où ?

— Je te dis rien.

Clara se lève.

— J'ai une lecture à six heures.

— Tu seras revenue.

— Faut que je demande au monsieur d'en face de surveiller mes affaires.

Elle demande au monsieur d'en face de surveiller ses affaires puis elles remontent la rue côte à côte. On dirait deux sœurs.

Le Port-Nord, elle ne l'a jamais vu qu'à distance. C'est une friche industrielle spectaculaire, un paysage de ruines métalliques, de baraquements aux verrières éclatées, de mares verdâtres certainement toxiques. Les grues, les passerelles dessinent comme des squelettes dans le ciel, l'air fait crisser des poulies qui donnent l'impression d'entendre crier. Au milieu de ce cauchemar, un collectif d'artistes s'est établi dans un ancien entrepôt. À l'intérieur, on trouve un piano de saloon, un portant à roulettes avec des costumes de scène, une cagette remplie d'artichauts, un vélo suspendu au plafond et une collection de portes de toutes les couleurs qui doivent servir à des décors. Mais, cet après-midi, cet espace est déserté, la vie se concentre au-dehors, sur la grande terrasse en bois devant l'entrée. Là, dans une confusion de tables et de bancs, on plaque des accords sur une guitare, on échange tout en écrasant sa cigarette dans un petit cendrier en inox, on pense seul dans son coin, les bras autour des jambes pliées, le regard perdu sur la Saône qui passe à quelques mètres de là. Pour Clara, c'est une révélation. On peut vivre comme ça, on a cette option-là, on n'est pas obligé d'aller tous les jours couper, friser, permanenter les cheveux de femmes qu'on ne rencontrerait pas dans d'autres circonstances.

— Je vous présente Clara, lance Mathilde à la cantonade. Elle lit Proust, rue des Tonneliers.

La guitare se tait, les têtes se lèvent, se tournent, un *Salut, Clara* se fait entendre. En leur adressant un petit geste de la main, elle repère un visage qu'elle reconnaît. Le musicien de ce matin. Il est là, en face d'elle, bien en face, comme si c'était préparé. Il finit de se rouler une cigarette, un pied nu posé sur le banc. Il a le même sourire que rue Saint-Georges. C'est un grand mince, presque maigre.

Mathilde demande à Clara ce qu'elle veut boire. *Une bière*, répond-elle, avant de chercher du regard le musicien qui lui fait signe de venir s'asseoir en face de lui. La guitare se remet à jouer. Il fait tout à fait beau. La Saône, au soleil, a des reflets d'opale.

Deuxième jour (jeudi)

Elle n'a pas dû dormir plus de quarante minutes la nuit dernière et pourtant ne ressent aucune fatigue. Depuis une heure, elle interpelle les passants à qui elle trouve une bonne tête, rue des Tonneliers. *Madame, vous connaissez Proust ?* ou *Quelque chose me dit que vous aimez Marcel Proust.* Et quand plus personne ne passe, elle remet ça rue aux Fèvres. *Si je vous dis « Du côté de chez Swann », vous pensez à quoi ?* Les gens se prêtent au jeu — ils sont en balade, en vacances, elle est jeune, belle.

Hier soir, au Port-Nord, Mathilde et les autres lui ont expliqué qu'elle devait aller chercher son public. *Par le cou, comme une chatte ses chatons.* Surtout avec ce qu'elle propose. À part quelques inconditionnels de Proust, les gens ne viendront jamais d'eux-mêmes s'asseoir sur des tapis pour entendre une lecture intitulée *Le Voyage en train et la marchande de café au lait.* Il faut leur vanter la beauté de la prose, le plaisir qu'ils vont prendre, la satisfaction qu'ils auront, à l'avenir, en entendant les noms Swann, Charlus ou Guermantes, de savoir de qui on parle.

Et, entre les lectures, pas question de rester assise à contempler les cheminées du toit d'en face ou papoter avec le marchand de pâtisseries orientales. Elle doit faire sa pub. En distribuant des flyers, par exemple. Des reproductions au format carte postale de l'affiche dessinée par Patrick dont elle aurait commandé cinq cents exemplaires à Top Office…

Elle fait toutes ces choses avec une facilité surprenante, un plaisir sensible, communicatif. Les nuits courtes sont stimulantes et puis un feu brûle en elle, qui annihile toute peur. Elle se sent portée par la soirée qu'elle a passée, les gens qu'elle a rencontrés, leur créativité. Par la lecture qu'elle leur a faite un peu après minuit, à la lumière vacillante de chandeliers postés aux quatre coins de la terrasse, d'un de ses passages préférés de la *Recherche,* l'un des plus drôles, des plus cruels, lorsque les Guermantes, sur le point de se rendre à une soirée mondaine, font peu de cas de Swann qui vient d'annoncer qu'il est atteint d'une maladie mortelle. *Vous vous portez comme le Pont-Neuf, vous nous enterrerez tous !* Sans parler du moment qui a suivi avec Paolo, le beau joueur de hang, sous une verrière de l'entrepôt, dans un coin évoquant une cabine de bateau, moment de mots devenus caresses aux premières lueurs du jour.

Sa campagne de pub porte ses fruits. Huit personnes (une foule) assistent à sa lecture de onze heures. Il faut dire qu'elle fait fort puisqu'elle attaque la journée avec *La Petite Madeleine.*

— *Mais à l'instant même où la gorgée mêlée des miettes du gâteau toucha mon palais, je tressaillis, attentif à ce qui se passait d'extraordinaire en moi...*

Vingt minutes de bonheur au terme desquelles des applaudissements fusent dans la rue des Tonneliers.

À quinze heures, elle a un peu moins de monde, cinq personnes au début de sa lecture, six à la fin, ce qui était prévisible. Les rues se vident après le déjeuner avant de se remplir à nouveau et puis le passage qu'elle lit n'est pas aussi connu que *La Petite Madeleine*, c'est *L'Apparition d'Odette avenue du Bois*.

— *Tout d'un coup, sur le sable de l'allée, tardive, alentie et luxuriante comme la plus belle des fleurs et qui ne s'ouvrait qu'à midi, Mme Swann apparaissait, épanouissant autour d'elle une toilette toujours différente mais que je me rappelle surtout mauve...*

En relevant la tête pendant sa lecture, elle voit un portable qui la filme. Joie, scintillement, comme il y en a d'autres au cours de cette journée magique. Cette passante qui lui lance : *Lire Proust dans la rue, il en faut des cojones !* Flanders, qui vient la voir pour lui apprendre qu'il a vendu deux exemplaires de *Du côté de chez Swann* avant le déjeuner. *Vous allez relancer les ventes de Proust avec vos lectures !*

Et, plus tard, ce cadeau, cette récompense, quand, parmi la dizaine de personnes venues écouter *Comment fonctionnent les souvenirs* à dix-huit heures, elle reconnaît Mme Habib, Nolwenn et Patrick. Jacqueline aussi chic que si elle assistait à une remise de Légion d'honneur à l'Élysée, Patrick dans un tee-shirt noir barré de l'inscription *I'd rather be dead*, Nolwenn qui lui fait signe de la main. Une émotion l'étreint, qu'elle maintient à distance pendant sa lecture.

— … *La meilleure part de notre mémoire est hors de nous, dans un souffle pluvieux, dans l'odeur de renfermé d'une chambre ou dans l'odeur d'une première flambée, partout où nous retrouvons de nous-même ce que notre intelligence, n'en n'ayant pas l'emploi, avait dédaigné…*

Après quoi, ils se retrouvent tous les quatre.

— J'ai pas tout compris mais tu lis trop bien, on a l'impression que t'as fait ça toute ta vie. (Nolwenn)

— Tu es juste *the best*. Quelqu'un a envie d'une mousse ? (Patrick)

— Qu'est-ce que vous n'avez pas compris ? (Mme Habib à Nolwenn)

— Rien. Enfin, tout. C'est dit d'une manière compliquée, je trouve. (Nolwenn)

— C'est très simple, au contraire. Il explique que ce qui ravive le mieux les souvenirs, ce sont les détails qu'on a mémorisés sans s'en rendre compte, comme l'odeur d'une chambre ou d'un feu de cheminée. (Mme Habib)

— Personne a envie d'une mousse ? (Patrick)

Les voilà à la terrasse d'un café, rue Saint-Vincent, à l'heure où le soleil, dans l'axe, découpe leurs visages en deux. Mme Habib, détendue par un Americano, se met à parler de ses parents, ce qui n'est jamais arrivé. Elle ne sait pas qui est son père, elle a été élevée par sa mère, ses tantes, et Clara comprend que sa peur de l'abandon est moins celle d'une adulte que d'une enfant qui a vu les femmes autour d'elle quittées, livrées à leur sort. Patrick l'écoute, attentif, en tirant sur une cigarette qu'il a passé un temps fou à rouler. Nolwenn, ailleurs, observe les passants défiler dans la ruelle avant de surprendre tout le monde en annonçant :

— Il faut que je vous dise quelque chose.

Silence autour des deux petites tables, on s'attend à un drame.

— J'ai eu mon permis, lâche-t-elle, sur le ton qu'elle aurait si elle donnait l'heure.

— Ton permis… de conduire ? demande Patrick.

Nolwenn fait oui de la tête.

— J'ai tout repassé sans vous le dire parce que je pensais que j'allais encore rater. Mais bon, j'ai réussi.

— Alors là, fait Mme Habib qui, émue et désinhibée par l'Americano, pivote sur sa gauche pour enlacer son employée. Je suis tellement fière de vous.

Clara lève son verre en direction de Nolwenn.

— Bravo, sourit-elle, avant que son regard se laisse happer par un grand brun qui approche de sa table, se penche et l'embrasse dans le cou.

Paolo les a rejoints avec sa soucoupe volante miniature, ses belles paupières lourdes, sa nonchalance. Paolo, qui l'a réveillée, ce matin, en lui chantant *Águas de Março* tout en passant son index sur les contours de son visage. *É o pau, é a pedra, é o fim do caminho…* Il parle de la chaleur qu'il fait, du week-end qui vient et d'une fille un peu dingue qui, pendant qu'il jouait, lui a glissé à l'oreille *Toi, je t'épouse, direct.* Clara l'écoute en regardant les autres. C'est idiot mais, tout ce temps, sans raison précise, peut-être parce que cette journée est vraiment réussie, qu'elle ne se produira plus et qu'alors qu'elle passe elle est pour ainsi dire déjà passée, elle doit faire un effort pour retenir ses larmes.

IV

ÉPILOGUE

Il faudra lui dire

Il était question que, de la gare, elles se rendent directement à l'hôtel, seulement, un peu avant d'arriver, Isabella a voulu voir le salon de coiffure où sa mère travaillait autrefois. Cette histoire l'a toujours intriguée. Petite, elle la racontait même à ceux qui ne lui demandaient rien. *Avant, ma mère était coiffeuse.* Aujourd'hui, les gens qui connaissent Clara savent en général quel a été son premier métier et sa fille, qui n'est plus une enfant, n'éprouve plus le besoin d'en parler. N'empêche qu'elle a très envie de voir ce salon — ou, s'il n'existe plus, l'endroit où il était situé.

C'est une matinée de septembre fraîche mais lumineuse, Clara, qui n'a pas rendez-vous au théâtre avant midi, a deux heures de liberté et elle est, au fond, dans les mêmes dispositions qu'Isabella. Elle n'a jamais remis les pieds à Chalon, elle n'en a pas eu l'occasion. Ses parents habitent dans le Morvan, sa sœur à Louhans et son amie Anaïs est partie vivre à Lisbonne. Il n'y avait que la représentation de ce soir pour la faire revenir après toutes ces années.

Elle appelle l'hôtel pour qu'on ne l'attende pas puis

remonte le boulevard de la République à pied, avec sa fille. Au bout, elles prennent à gauche en direction de la citadelle. Le salon n'était pas loin. Isabella, faite au bouillonnement parisien, réagit comme à chaque fois qu'elle s'en échappe. Elle trouve tout charmant, cosy, elle n'y est pas depuis dix minutes qu'elle parle de venir y passer du temps après son bac. Clara, attentive de son côté aux transformations de la ville, constate qu'elle a peu changé. Les commerces, peut-être un peu. Une Fnac s'est installée rue du Général-Leclerc et on a l'impression que les Chalonnais ne se nourrissent plus que de tacos ou de kebabs. Mais la personnalité de Chalon, celle à ses yeux d'une résistante aux assauts de la laideur et de la cupidité, d'une combattante qui s'en tirerait mieux si elle était moins seule, lui semble inchangée.

Avenue de Paris, ses yeux se posent sur l'affiche d'un spectacle programmé à la dernière édition de Chalon dans la rue, un dessin à la Reiser qui l'envoie dans le passé aussi efficacement qu'un refrain qu'elle n'aurait pas entendu depuis un moment. Tout lui revient, le petit tabouret en rotin, les tapis qu'Anaïs l'aidait à transporter, la liste des lectures scotchée sous le panneau de sens interdit, et elle réalise que sa fille ne sait pas grand-chose de cette période de sa vie — de son coup de foudre pour Proust, de l'importance que son livre avait prise pour elle, du basculement qu'il a permis du monde qui était le sien vers celui de l'art, des artistes, le seul, finalement, qui pouvait rendre sa vie passionnante. Il faudra lui dire, lui raconter ces quelques mois un peu fous où Clara a eu l'impression de courir de plus en plus vite, de prendre son élan et de sauter le plus loin possible. Comment comprendre autrement qu'elle consacre sa vie à faire entendre les grands textes, c'est-à-dire à tenter chaque soir de produire chez les autres l'émerveillement qui a été le sien à la lecture de la *Recherche* ?

Et puis c'est une histoire édifiante. Ils ne sont pas nombreux, ceux qui se réinventent. On prend généralement pour argent comptant la version de la réalité qu'on nous présente en premier, on s'abstient de la questionner par manque d'audace, parce que c'est plus facile, plus confortable et, ce faisant, on vit la vie imparfaite et frustrante de quelqu'un qui ne nous ressemble que de loin. Elle a peu de certitudes, de moins en moins à vrai dire, mais elle a celle-ci : on ne se rend pas compte à quel point notre destin est façonné par les autres.

Arrivées place de la Libération, elles s'arrêtent, le temps pour Clara de se repérer. La pharmacie qu'elle découvre n'existait pas, elle remplace le café qui faisait l'angle, tenu par cette blonde peroxydée qui leur rendait visite à l'ouverture et dont le prénom lui échappe.

— Le salon était dans ce passage, dit-elle, en l'indiquant. Du côté gauche.

Isabella lève un sourcil — une mimique qu'elle a prise à son père.

— C'est bizarre comme emplacement. Pas vraiment commercial.

— C'est vrai, c'était bizarre, ce petit salon caché alors qu'il y en avait d'autres bien en vue sur la place. Et, en plus, dans le passage, il était en retrait, on ne le voyait pas. Je crois que ma patronne n'avait pas le sens du commerce.

— Qu'est-ce qu'elle est devenue ?

Clara se remémore le coup de fil de sa mère, deux ou

trois ans peut-être, après son départ de Chalon. Annick avait lu dans *Le Journal de Saône-et-Loire* qu'une femme avait trouvé la mort sur la route de Tournus, alors qu'elle téléphonait au volant de sa Mayfair. *Mme Habib, ce n'était pas le nom de ton ancienne patronne ?*

Elle se prépare à répondre à sa fille mais n'en a pas l'occasion. Elles sont entrées dans le passage, Isabella a repéré le renfoncement et s'éloigne, pressée de voir si le salon est toujours là. Quand elle s'arrête, Clara ignore ce qu'elle a devant les yeux.

C'est toujours un salon de coiffure, avec la même porte en verre sur la gauche et la même vitrine, à côté, ne cachant rien de l'intérieur. Mais l'endroit s'appelle *L'Hair du temps*, les murs sont vert pâle, la déco minimaliste et il n'y a plus de comptoir. Et, bien sûr, le personnel a changé. Une coiffeuse, une seule, sans doute la patronne, est à demi assise derrière un adolescent à qui elle rase la nuque. C'est une quadragénaire assez forte, aux cheveux courts. Clara croît la reconnaître. Oui, c'est bien elle, c'est Nolwenn, avec seize ans de plus. Celle-ci, sentant une présence dans le passage, tourne la tête sur sa gauche. Elle aperçoit Clara et, très vite, détourne le regard. Elle ne l'a pas reconnue. Elle enfonce ses lunettes sur son nez et parle à l'adolescent qui lui répond d'un sourire. Et alors que Clara se dit que c'est sans doute mieux comme ça, qu'il y a des souvenirs à ne pas réveiller, elle voit Nolwenn tourner à nouveau la tête dans sa direction, lentement cette fois. Cette femme, de l'autre côté de la vitre, son visage lui dit quelque chose.

REMERCIEMENTS

Au Centre national du livre et la Région Bourgogne-Franche-Comté qui ont attribué une bourse pour l'écriture de ce livre.

Et à Emmanuel Delorme, Pascaline Fornot, Gabrielle Lécrivain, Frédéric Le Roux, Aurore Mamet, Laurent Mauvignier, Jean-Noël Pancrazi, Quentin Piters, Maud Simonnot, Laurence Torzo, Michaël Uras et Claude Vercey pour leur aide si précieuse.

Composition : IGS-CP à L'Isle-d'Espagnac (16)
Achevé d'imprimer par Corlet,
le 3 juin 2022
Dépôt légal : juin 2022
Numéro d'imprimeur: 22050158

ISBN : 978-2-07-299130-1 / Imprimé en France

543594